谨以此书

纪念"5·12"汶川地震

纪念灾区蝶变重生脱贫攻坚

实现乡村振兴的奋斗岁月

◎ 江明 著

我去白鹿等你

北方文艺出版社
·哈尔滨·

图书在版编目（CIP）数据

我在白鹿等你 / 江明著. -- 哈尔滨：北方文艺出版社，2023.3

ISBN 978-7-5317-5785-6

Ⅰ.①我… Ⅱ.①江… Ⅲ.①长篇小说-中国-当代 Ⅳ.①I247.5

中国版本图书馆 CIP 数据核字（2023）第 022453 号

我 在 白 鹿 等 你
WO ZAI BAILU DENGNI

作　　者 / 江　明	
责任编辑 / 富翔强	装帧设计 / 圣立文化
出版发行 / 北方文艺出版社	邮　　编 / 150008
发行电话 / （0451）86825533	经　　销 / 新华书店
地　　址 / 哈尔滨市南岗区宣庆小区 1 号楼	网　　址 / www.bfwy.com
印　　刷 / 四川立杨彩色印务有限公司	开　　本 / 880mm×1230mm 1/32
字　　数 / 120 千	印　　张 / 6.75
版　　次 / 2023 年 3 月第 1 版	印　　次 / 2023 年 3 月第 1 次印刷
书　　号 / ISBN 978-7-5317-5785-6	定　　价 / 56.00 元

自 序

以文学的力量

♥

每每在"5·12"汶川地震周年纪念日,我的身体总会莫名地产生一种痛入心扉的疼。对于那场史无前例的灾难,当时正在龙门山工商所工作的我,和灾区所有人一样,在亲历恐惧和死神召唤而又幸免于难后,便会从肺腑发出一句"生命无常、活着真好"的感叹!

在"万众一心、众志成城,不畏艰险、百折不挠,以人为本、尊重科学"的抗震救灾和灾后重建后,曾经瞬间变成废墟的灾区实现了蝶变并艰难崛起,灾区人民充满自信。作为一名幸存者和爱好文字的写作者,随着心灵创伤的渐渐抚平,一种莫名的冲动在内心扑腾,总想为此事说点什么、写点什么。因为这个我曾经生活的地方很美,还有很多动人的故事在山间流传;在那场惨烈的阵痛后,又有那么多惊天动地的人和事值得感恩与铭记……

于是,我将眼里看到的一切存储于脑海,然后慢慢地用文字将这些记忆中的碎片串起来,开始创作长篇小说《我在白鹿等你》,并希望通过这部现实主义题材作品触动每一位读者的神经，让他们走进白鹿、认识白鹿、爱上白鹿；还憧憬这部作品出版后受到读者的喜爱，能够改编成影视剧，为本地赢得"五个一工程奖"的契机；通过发行筹集一定数额的资金，设立奖学金，以文学的力量支持、奖励当地莘莘学子不负韶华，报效祖国、报效家乡……

从2008年到2021年，整个创作过程充满许多艰辛、寂寞和无奈，时常是写了又删，推倒后又重来，想要放弃却又不舍，最终在"要创作就要有牺牲"的文学精神和一大帮文友、朋友的激励下含辛茹苦地写作。后来，小说在成都市互联网文化协会组织的"我和成都"——现实主义题材作品定向创作大纲初评中成功入围，更增添了我创作的力量与信心。"大风泱泱、大潮滂滂"，面对百年变局，我们"百年跋涉、千年梦圆"，我也以自己"无畏无惧、勇毅前行"的契机激发出万般的创作灵感——在八个月的防控工作中，利用在酒店和居家的时间，夜以继日、奋笔疾书，于孤寂中完成了这部作品的初稿。

小说以一对俊男靓女在"5·12"汶川地震中相识、相知的爱情为主线，辅以一个家族的百年跨国爱恋传奇，用虚实结合的手法，描写了白鹿、彭州、成都等地的古蜀文化、民间文化、风景名胜和人民反对战争、向往和平的愿望，对故事情节予以烘托、渲染，在歌颂伟大爱情的同时，向读者展示家乡之美。

"冀以尘雾之微补益山海，荧烛末光增辉日月。"用文人的情怀，以文学的力量，为家乡的建设发展呐喊、助阵。

是为序。

2022年春 于成都彭州

目录 CONTENTS

引　言　　　　　　　　　　　　　001

1/ 那个浪漫风情的神奇古镇　　　002
2/ 那座饱经风霜的别样建筑　　　008
3/ 那场突如其来的惊世灾难　　　014
4/ 那个牵挂人心的不眠之夜　　　021
5/ 那场让人心碎的寻找与呼救　　029
6/ 那段让人生死相许的等待　　　037

7/ 那些璀璨的古蜀文明　　　　　044

8/ 那条流淌着血泪的母亲河　　　053

9/ 那场刻骨铭心的壮美爱情　　　063

10/ 蝶变重生的中法风情小镇更美　073

11/ 爱，让选择更从容　　　　　　079

12/ 那片真情让人感动　　　　　　086

13/ 巍然屹立的"最牛学校"　　　094

14/ 浪漫的成都夜色　　　　　　　102

15/ 意想不到的伤悲　　　　　　　109

16/ 此生你就是我的最爱　　　　　115

17/ 神奇梦幻的优美传说　　　　　123

18/ 两场战争的创伤 　　　　　132

19/ 被爱融化的坚冰 　　　　　140

20/ 白鹿山的浪漫故事 　　　　147

21/ 浪漫的"情人节" 　　　　　155

22/ 普罗旺斯之行 　　　　　　161

23/ 梦中的那抹紫 　　　　　　168

24/ 那场梦幻般的浪漫婚典 　　177

25/ 我用一生来守护 　　　　　185

26/ 我在白鹿等你 　　　　　　196

后　记　　　　　　　　　　204

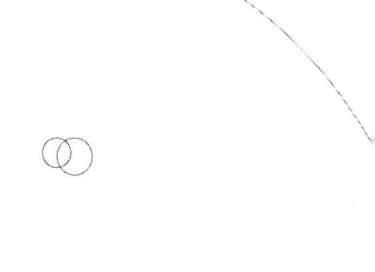

引 言

　　一条狭窄的山区小巷，下午两点过后，街面已经没有多少行人。一家小吃店铺里，一位年轻靓丽的女孩正和对面的帅气小伙高兴地交谈着。

　　"轰轰轰……"

　　随着脚下一阵猛烈的抖动，她顿时惊慌失措。

　　"地震！"她记不清后来他还大声呼喊了什么，便被他温暖的大手一把抓住，护着自己向街对面飞奔而去。

　　夺命狂奔了三四秒钟后，两人来到一个利用山壁凹处修建的垃圾存放点，里面放置着三个垃圾箱。

　　他用力拉开两个垃圾箱后，一把将她推了进去。

　　随着一阵山崩地裂，周围尘土飞扬，不断有瓦块砖头从山上的房屋滚落而下。

　　就在他脱下外套，准备将她面部遮掩起来之时，两人眼前一黑，便被一大堆瓦砾深深掩埋……她紧紧地将他拥住，将头深埋在他的胸前。他知道是山上的房屋倒塌了。

　　良久，她才抬起头，从惊悸中缓过一丝气息，慢慢想起自己从哪里来，来做什么。

1 / 那个浪漫风情的神奇古镇

千年古镇白鹿，宁静安详地仰躺在群山环抱之中。它是成都市彭州的一个建制镇，位于成都市西北部的龙门山脉南麓，一条蜿蜒的白鹿河从镇中穿过，流向该市的母亲河——湔江。

"春日迟迟，卉木萋萋。仓庚喈喈，采蘩祁祁。"五月的龙门山脉处处青峦碧水、山花烂漫，正是人们度假旅行的理想胜地。

2008年5月12日，旭日东升，阳光明媚，天空出奇的蓝，朵朵白云点缀其间，让人心旷神怡。

上午九时，一辆从成都新南门旅游集散中心车站开出的旅游专车抵达白鹿镇清河街。

顾小善刚下车，便有一股股混合着树脂花香的山风扑鼻而来，让她神清气爽。

一头乌黑的披肩长发，一套纯白色李宁牌运动休闲服，背着一个深灰色李宁牌双肩包，脚上穿的也是黑白相间的李宁牌运动鞋，她那高挑的身材在人群中格外显眼，惹得身边的行人频频回头，流目顾盼。

"大娘，请问去这里的教堂怎么走？"她很有礼貌地

向街上一位大娘问道。

"啊,好漂亮的姑娘,声音更是好听,就像我们山上的画眉!"杨大娘看着眼前的小善,精致的五官,那一双水灵、晶亮的大眼,那一副清纯甜美的笑容,就像是看着自己的女儿。"和我一起走吧,我也正要去那里呢。"她亲切而又热情地说道。

顾小善马上搀扶着杨大娘,一起向教堂走去。

教堂位于樵人街的中段,是个典型的木结构哥特式建筑,大大的白色半圆形拱门,两旁是高高的圆柱、尖塔,拱门之上悬挂着一个十分显眼的黑色十字架。这种典型的欧陆遗风看似与周边的建筑极不协调,但是杨大娘告诉小善,这座教堂已有一百多年历史了。

白鹿场老街始建于清乾隆十九年(1754年),因为老街建在白鹿河谷旁的坝子上,也被当地人称为"河坝场"。顾小善清晰地记得,在祖奶奶的日记中,有这样的记录:1923年大暑过后的一天,白鹿突发山洪,将白鹿场老街下场街房二十余间瞬间冲走,所以现在尚存的遗迹,便是后人口中所称的"半边街"。

一直以来,祖奶奶在顾小善的心中就是一个"神"的存在。从小就喜欢听她背古诗、讲故事,在她怀里撒娇、睡觉。虽然爷爷奶奶都先她而去,但是一百一十三岁的祖奶奶仍是头不昏,眼不花。她只要在家,就要和祖奶奶聊上一会儿。直到一个月前的一天晚上,祖奶奶将一个年代已久但保存良好的精美木盒交给她,里面装有几本日记和一枚十字架,日记上面记载着自己没有跟任何人提及的身世秘密。

第二天,祖奶奶便突然变得什么都记不清,不吃不喝,不会言语了。三天后,便安然离开了人世。

料理完祖奶奶的后事，顾小善便迫不及待地打开木盒，从里面拿出几本泛黄的本子和那枚发着光亮的十字架。她好奇地看完日记，对祖奶奶的真情表露，尤其是对白鹿丰富的文化和浪漫风情的神秘叙述，产生了极大的兴趣，对这个地方也是愈发神往。

她在网上查找有关白鹿的介绍，了解到白鹿镇是成都市的十大古镇之一，相传三千多年前的西周时期即有蜀人在此劳动，生息繁衍，更有传说中古代蜀王初兴时的都邑在此留下的遗迹，是古巴蜀族立国的原始核心部分。常璩《华阳国志》记载："鱼凫田于湔山，忽得仙道，……后有王曰杜宇，教民务农……移治郫邑，或治瞿上。"史学家任乃强考证"瞿上"即为彭州市通济海窝子，"湔山"即起于海窝子附近的阳平山以北地区，"郫邑"即今彭州市桂花、隆丰、丽春毗连的黄土丘陵地带。到公元前316年，秦灭蜀后推行郡县制度，始于境内置县。南北朝时期，由于政权割据，更迭频繁，彭州的建置沿革也变化纷繁。宋元嘉九年（432年），有樵人于白鹿山见群鹿，引弓欲射之，有一麋趋险境，进入石穴，行数十步，则豁然开旷，邑屋连接，阡陌周通，问是何所？有人答云"小成都"——这便是后来当地流传的有关白鹿的美丽动人故事：

樵人逐白鹿，紧行欲引弓；
神麋趋险境，九步入石穴；
豁然遇阡陌，良田附美池；
白鹿化好女，翩翩至小步；
耳中明月珠，二十尚不足；
缘分日未尽，相持愿一生；

樵人闻之喜，弃箭习耕作；
百年执之手，两者鬓斑白；
夫妻化神鹿，怡然仙中游；
终日绕此地，保佑其子孙；
子孙渐兴旺，勤快皆心善；
乱世避纷飞，诚意助外人；
千秋成佳人，代代传佳话；
此处吉祥地，后人命白鹿。

后来，有史学者撰文发表观点，说元代诗人汪元量所作《彭州歌》中描写彭州历史悠久、商贾繁盛景象的诗句"彭州昔号小成都，城市繁华锦不如"中的彭州实为白鹿。场镇内的樵人街、清河街都是这里历史传承的有力见证。

老街进口处是用石块堆砌而成，环形拱门，"白鹿场"三个大字刻在石板门枋之上。两旁的对联已是斑驳陆离，但字迹依然可以辨认。"阛街买卖三千种，沿河耕读百万家。"老街当年的繁华和当地历史文化的厚重足以从中显现而出。

顾小善静静地站在石洞前，用手轻抚已长着青苔的石砖，仿佛是在打开一本尘封已久的古书，想要读懂里面藏着的精彩故事；透过两旁早已破败不堪、无人居住的商铺，她好像突然看到孩童时的祖奶奶和伙伴一起在这里转糖画、追逐嬉玩，然后举着风车车从眼前的青石板小道向自己跑来⋯⋯

"姑娘，你想什么呢？那么出神。"顾小善还沉浸在对祖奶奶的思念之中，冷不防被身后的问候打断回忆。

"啊！是三位老爷爷啊。"当她回头看到三位慈眉善目的老人时，连忙很有礼貌地说道，"对不起哈，我挡着你们了。"

"姑娘，你是外地过来的？"其中一位老者问道，"怎么，对我们这里的这条老街感兴趣？"

"嗯，我是《天府商报》的实习记者，今天特意到这里采访，感觉这里是个很有故事的地方。"顾小善向他们介绍了自己的身份。

"哎，姑娘说对了。我们这里就是故事多啊！"另外一名老者急忙抢过话头，向她说道，"刚才这位问你话的就是我们这里有名的文化人赖祥毅老师，在中学教历史，还写过我们的《白鹿乡志》呢，现在退休了。他就是我们白鹿镇的活地图、活档案啊！你有什么不了解的，都可以问问他。"

于是，赖老师一边走，一边向顾小善介绍起老街的事，还特意说了"白鹿场"三个字是乾隆年间建场时就刻上去的，那副对联因年久失修早已损坏，虽然现存的对联是后来重新刻的，但也足以看出当时白鹿场的文明与繁荣。对于生养自己的地方，现在住在新街的他们仍然坚持每天都要到这里来转转、看看，就是想从中感悟故土的历史文化，找到烙印在心中的那段记忆、那片乡愁。

面对几位老人对家乡的眷恋之情，顾小善很是感动。虽然她很想留下来，和他们交谈，了解这里的人文地理，但也不愿打扰他们此刻的思乡愁情，决定下午再约他们详聊。于是，她记下赖老师的联系电话，便和三位老人挥手道别。

顾小善走出老街，就看到不远处树荫掩映下，有一座砖石结构的双孔拱桥，桥面铺着青石板。来到桥头，便

看见一块矗立的石碑上刻着"中法桥,建于1893年"的字样。

想到桥对面就是祖奶奶曾经待过的地方,顾小善也是忍不住一阵惊喜,连忙信步前行。可是,当她走过桥去,映入眼帘的却是白鹿镇的一所九年制学校。

当顾小善向学校门卫说明原因后,门卫将她带到一段破败的残墙前,遗憾地说道:"到现在就仅保留下此段残墙。"

顾小善看到这段残墙有数十米长,宽约一米,高近四米,全由石块堆砌的墙体和青砖拱门组成,从这坚实的底座不难看出当初建成时的别致与典雅。而且四周古木参天,挂牌的梧桐、银杏、香樟多达几十棵,直径最大的已有一米。

"青山、碧水、绿树、徐风。这里还真是一个景色秀丽、风光旖旎的好地方啊!"顾小善伸开双手、闭着双眼在树木间的草地上转了几圈,完全沉浸在山乡醉人的秀色中。她使劲地呼吸,想要将这里树木、花草散发的幽香全部吸入肺中储存。

"祖奶奶能在这样山清水秀的环境生活,想必也是满满的幸福啊!"虽然她对祖奶奶的离世心有遗憾,但是此时此刻想到她曾经在这里度过的快乐时光,顾小善还是感觉内心颇为欣慰,于是轻快地向下一个地点奔去。

2 / 那座饱经风霜的别样建筑

　　顾小善沿着坡道向上面的一条公路走去，这条路就是白三公路（白鹿镇至三河店村的乡道），是去领报修院的必经之路。刚走上公路，就看见一辆载货三轮摩托向自己驶来。因为这里是山道，又没有路标显示去领报修院的方位，她连忙向其挥手示意停车，想要向他确认一下。

　　开车的是一位留着寸头的年轻小伙，轮廓分明的脸庞上架着一副太阳镜，蓝色T恤下露出古铜色强健有力的双臂，给人一种帅帅的、酷酷的印象。

　　"嘎吱！"小伙准确地将车停在顾小善身前不到半米远的地方，摘下墨镜，热情地问道："姑娘，有什么需要帮忙的？"

　　"啊！"在一双深邃的眼神下，一向口齿伶俐的她没有想到对方主动搭讪，她微微愣了一下才说道，"大哥，我是想向你确认一下，去领报修院该怎么走？"

　　看着眼前的小伙，她猛然感觉内心一阵炙热，比画的双手也没有听从大脑指挥，无序地舞动着，靓丽的俏脸更是飞出一片红晕。

　　"姑娘，我正要往那边送货。"小伙说道，"这里到

领报修院有五六里路,走路需要个把小时,坐车十多分钟就到了。如果你不介意,我可以免费送你一程,这可是全景式敞篷观光车啊!"

"那好,我就坐你的车了。"顾小善看到他的真诚与诙谐,就大方地跳上了三轮车。小伙还细心地找出几张报纸,垫在她要坐的纸箱上,并告诉她注意安全,抓好车上的护栏。

他熟练地控制着车速,也尽量挑选平缓的路段,最大限度地减少车辆的颠簸。

顾小善第一次坐这样的三轮货车,而且还是在狭窄多弯的山区小道。由于小伙出色的车技与操控,她感觉很平稳,稍有紧张的情绪慢慢平息、回归自然。

温润的山风轻轻吹拂脸庞,让人感到那般清新微凉。为了不让自己的视觉受到影响,顾小善还从包里拿出一根紫色的橡皮筋,将眼前纷舞的头发拢在后脑捆扎起来。她沿途看着两岸青峰和流淌的蜿蜒河水,完全陶醉在了眼前美景之中。

十多分钟后,三轮车停靠在了回水村的一家副食店门前。

"姑娘,上书院到了。"小伙下车对顾小善说道,又友善地伸手将她扶下车。

"这里是孟家山,领报修院就在前面的山坳里。"他指着左前方一片青葱的山林和高低错落的山峰,告诉她过桥后再从前面的小路步行三四百米就到了。如果要看看全貌,就要到右边的山坡上才能看全。

"我叫何小诚,这个你拿着。"他笑着拿出两瓶响水洞矿泉水送给她,同时关切地说道,"山道不好走,路上要小心一点,注意安全。我还要去给几家店送货,要不你看完领报修院后，还在这里等我，顺道坐车回去？"

"谢谢！我是顾小善，等下我自己走回去，顺便欣赏一下沿途美景，就不再麻烦你了。"顾小善很是感激，看着他满带诚意的笑容，就像一道阳光洒进心田。

顾小善在走了几步后再回头，看着何小诚还一动不动地瞧着自己，顿感心跳加速，便又忐忑地向他挥挥手，低声细语地说了句："再见。"但是她感觉这样低的话声恐怕只有自己能听见。

"真是个天生丽质、活泼可爱的仙女啊！"何小诚感慨道，然后静静地看着她一步一步向前走去，走过白鹿河上那座小桥，走进那条林荫小道。那根马尾辫很有韵律地左右摇摆，竟然让自己怦怦跳动的心，也随着那韵律而有节奏地摇曳起来。他看得很专注，直到她俊俏的身影完全消失在视线内，才收回自己有点失神的目光。一直以来，他都是全身心地照顾自己的父母和妹妹，做好自己的事情，尽管已经二十四岁了，还从来没有考虑过个人的婚姻大事，今天怎么会有这种心跳的感觉呢？

"哎，这样的美女，岂是我等这般山民所能奢求的啊！"他自嘲地摇摇头，才发动车子向前开去。

掩藏在山坳密林中的领报修院越来越近了，顾小善的心情也更加激动，甚至还感觉到了祖奶奶的轻声呼唤。

又沿着山间小径前行三百米左右，翻过一道山坡，一座别具一格的建筑顿时出现在顾小善眼前。

"看来，这就是祖奶奶日记中的领报修院了！"抬眼望去，这是一座独特的罗马式与哥特式混合建筑，高耸的白色法式礼拜堂，雕花的护栏，圆拱形的窗棂，弧形的台阶，整体规模宏大、气势恢宏，在山林间尤显气派、精美和壮观。一想到这个魂牵梦萦的地方,她不由得加快了步伐。

愈是走近领报修院,顾小善的心愈是安静,脚步也变得异常轻缓了。她感觉到祖奶奶的魂魄就在此处安息,此刻她可能正在甜蜜的睡梦中,回忆着和祖爷爷牵手嗅着花香、漫步林间的悠然生活,任何人都不忍打破这一静谧的画境。

从侧面一道年代久远的木门进去,经过布满野草的前院,顾小善走近了这座布满历史沧桑的建筑物:正中间有一个巨大的半圆弧形的石梯,并从左右两边向上延伸直至院门,犹如在此迎送人间芸芸众生,伴着美妙的钟声、琴声,倾听世上最真挚的福音,感受博爱与温良。

石阶已是凹凸不平、破败不堪,石柱扶手也变得斑驳陆离、支离破碎,但是用石灰混合砂石筑成的地基和无数的石墩,仍顽强地将整个建筑支撑。顾小善顺着台阶缓缓向上,走到一扇木门前,看见门槛前横卧着三阶与大门宽度一样长的石阶。她这才惊奇地发现自己刚才从左面上来时默默数着的石阶是五十五阶,如果加上右面的五十五阶和眼前的这三阶,不正是祖奶奶的年龄吗?这好像就是人们常说的天意吧。

顾小善在门前稍做停留,抬头看了看门框上方那面白色墙壁,"白鹿圣母领报修院建于1908年"几个黑色大字依旧清晰可见。她静静走进这个中西合璧的四合大院,立即被院内一座恢宏大气、庄严肃穆但又略显残破的天主教堂吸引住了。

"这就是让祖奶奶魂牵梦萦、也令自己神往的圣母教堂了!"顾小善一步一步地走向对面的白色教堂,看着眼前高高耸立的哥特式立柱尖顶建筑，她的脑海之中突然涌现无数个祖奶奶在这里快乐生活的美好画面。恍惚间，发现自己穿越了一个世纪，走进了祖奶奶的时代，在这里弹琴诵经，享受积极阳光的生活。

"刘妹、张妹，新郎新娘化好妆后，你们就马上带过来。"

"小李，你去架好相机、准备好反光板。"

顾小善突然被院子里面传来的声音打断了思路，从祖奶奶曾经生活的美好意境中回过神来。

走出教堂拱门，顾小善发现院子里面已经多出来十几人，并各自忙活着。有拿着三脚架的，有带着灯光的，有留着飘逸长发的摄影大师正在给拍摄婚纱照的俊郎靓女耐心地讲解姿势要领。

"看来这里的人气相当不错啊！这个时候就有那么多对新人过来拍照了。"她也从网上知晓上书院对新人们有着很大的吸引力，有的甚至从几百公里外赶来，穿着婚纱拍下一生中最重要的时刻，给圣洁的爱情留下最浪漫的瞬间和最珍贵的回忆。

她面带微笑，给了一对正在拍照的恋人一个祝福的表情后，找到一个木制楼梯登上二楼。

顾小善按照祖奶奶日记中的记载，沿着上面的走廊找寻着当年人们学习、生活、居住的地方。但见法式的穹顶、过厅和雕花外饰，独具品位；教室、办公室、厨房、面包房、储藏室等一应俱全。在这里，她真真切切地感受到了这座历经风雨的百年建筑带给自己的深深震撼。

后来，她回到底楼，并找到一个入口，然后躬着身躯走了进去。

"想必这就是储藏室了。"她的脑海马上浮现出了祖

奶奶和伙伴们在里面捉迷藏的情形。储藏室是利用底楼与地基之间不到一米五的空间建造而成，主要用于堆放杂物和食物，同时也是孩子们嬉戏玩耍的宝地，因为下面的几间储藏室都是相通的，中间立着很多石柱和原木柱子，每间屋子都建有进出口，方便大家躲藏。

她至今还记得自己刚进小学读书那年祖奶奶给她讲过的一个故事："领报修院建好后，我和几个孩子便经常跟随父母到那里去。那时我刚满十三岁，有两个和我同岁，有几个十一二岁，还有几个七八岁的孩子。我们就在外面玩耍……"

顾小善每每想到祖奶奶讲到的这些有趣故事，便会流露出开心的笑容，羡慕祖奶奶儿时有着那样多的难忘趣事。当她从储藏室出来一看，院子里面又增加了不少游客，有五对新人正在按照摄影师们的指挥轮番取景——有的执手相望、有的深情相依，神圣的教堂、洁白的婚纱，随着频闪的闪光灯，留下自己一生中最重要、最精彩、最美丽、最难忘的瞬间。看到新人们对一生幸福的憧憬，她也拿出相机定格了几对新人的美好瞬间。后来通过聊天得知，这些新人都来自成都、新都、德阳和宜宾等地。

3 / 那场突如其来的惊世灾难

不知不觉中,已是正午时分,顾小善依依不舍地与领报修院作别,顺着白鹿河道缓缓走向古镇。远山含黛,绿水如潭,潺潺流水伴着清脆鸟鸣,让她在此山间饱赏美景、流连忘返。

饥肠辘辘的顾小善回到古镇已近午后两点,街上的行人已经很少。经过清河街一家小吃店时,她急忙忙买了一大碗水饺。填饱肚子后一抬头,正好瞧见何小诚提着一袋垃圾从附近一家副食店走出。

他将垃圾袋丢进对面的垃圾桶内,转身时也正好看见刚刚吃完水饺抬头望着自己的顾小善。

"嘿!美女回来了,怎么现在才吃午饭?"看到顾小善,他惊异而又关切地问道,"这一上午玩得可好?"

"啊!是你哈。相当尽兴,而且收获颇多啊!你看玩得都忘了时间,刚吃完一大碗水饺呢。"顾小善一看是何小诚,也很友好地点头致意,"这家副食店是你开的?"她带着微笑看他向她走来,马上礼貌地站起身来。

"你快坐下休息吧。"何小诚连忙伸手示意她坐下,然后在顾小善对面坐了下来,并告诉她自己就在这家副食店打工，店是同学朱小辛父母开的，他平时就下乡送货，朱小辛父母午休时，他就看店。

从他口中得知，他和朱小辛是初高中同学，关系很好。高考那年，他的父亲突然去世，母亲又多病，妹妹何小颖才考进彭州中学实验班。于是，长兄为父，他主动放弃了就读四川大学的机会，挑起一家人的生活重担。朱小辛在四川农业大学毕业后，考上了选调生，恰好又被分配到家乡白鹿镇政府上班。

何小诚和顾小善正兴高采烈地交谈着，突然感到脚下一阵猛烈抖动，巨大的力量仿佛要将自己弹离地面，跟着就有房屋上的瓦片不停落下。

"地震！"从小生活在山区，又了解相关知识的何小诚顿时一惊，马上告诉小吃店里的人找地方躲起来，又大声向朱小辛父母大声喊道，"伯父伯母赶快躲起来！躲到桌子下面！躲到衣柜里面！"

这条狭窄小街一面临河一面临山，两边的房屋随时都有倒塌的可能。顾小善已是惊恐万分、脸色骤变，抱着双手不知所措。

"不慌，不慌。沉住气，有我在。"何小诚来到顾小善身边，一边用自己的身体护住她，防止她被落下的瓦片砸伤，一边想着躲避的办法。

"可是，哪里才是最安全的地方呢？"何小诚冷静地思考了一下，突然想到一个地方，"对，垃圾桶，现在也只有斜对面那个存放垃圾桶的地方稍显安全了。"趁着地震由纵波转向横波那稍纵即逝的一点平静，他左手抓起顾小善放在椅子上的背包，右手抓起她的左手就往对面的垃圾桶处跑去。

何小诚知道，当初政府设置垃圾桶存放地点时，为了不影响街面上的车辆和人流通行，就利用这个地方的山壁，向内拓开一个能存放四个垃圾桶的空间。只要搬开垃圾桶，那里就可以藏下几个人，而且相对安全。

此刻，大地又开始左右摇晃，一些房屋已经倒塌，街面上的灰尘已是遮天蔽日。还有一些房屋正摇摇欲坠，不断有瓦片和其他杂物落下。两处虽然相距不过十来米远，急速奔跑也只需三四秒时间，但是此刻两人却感到距离是那么遥不可及，时间也是那么漫长。

一到垃圾存放处，何小诚便将背包往顾小善怀里一塞，然后用力搬开一个垃圾桶，腾出一点藏身空间。他马上用手护住顾小善，迫不及待地想要将她先安置进去。此刻，有几块瓦片从山壁上的房屋上面落下，砸在他的肩膀和顾小善的后背。

何小诚不顾肩膀上的疼痛，一把将顾小善推进山壁凹处，然后自己再挤进去，并背靠山壁，双手用力将第二个垃圾桶向外推出。这时，就有大块砖头和瓦片不断砸向自己刚才站着的地方。跟着，就看见对面的两层楼房倒向街面，漫天灰尘扑鼻而来。再接着，两人眼前突然一黑，那是建在山壁上的房屋向下坠落，瞬间便将自己躲藏的地方掩埋了。他连忙躬身脱下自己的外衣，将两人的头部遮掩起来，防止灰尘侵入五官。

"好险！"何小诚暗自庆幸，如果再晚两三秒，他和顾小善都会被埋在眼前的这堆瓦砾之下。此时此刻，两人感受到了生命在灾难面前的脆弱和渺小。

历经惊心动魄的生死后，顾小善整个人都虚脱了。她不自觉地伸出右手，一把将何小诚的左手紧紧攥住，就像是在万般恐惧中寻找到的一种依靠，信任地将自己的生命交付在他的手心。

何小诚又伸出右手,轻轻地拍打了两下顾小善的右手后再用力地盖住,让她不断抖动的身子慢慢归于平静。

一阵惊悸过后,两人无力地靠在石壁上,只能随着地面的震动感受外面的地动山摇。

又过去了三四分钟,随着地面归于平静,何小诚和顾小善同时想到了自己的家人和朋友。

何小诚放下外衣,摸了摸自己的裤兜,这才发现手机放在店铺的书桌抽屉里了。顾小善掏出手机给母亲、父亲和报社的主任打去,却都是一句"手机无应答"的提示。透过手机屏幕的微弱光亮,何小诚看到了顾小善的发白面孔和脸上流露出的一丝恐慌。

"估计是移动的基站坏了。"他安慰着她,"这是一场百年不遇的大地震,我也不知道自己的亲人和朋友现在是什么样的情况。看到外面倒塌那么多的房屋,我有一种很不好的预感,也不知道自己的父母、妹妹现在是怎样的一种情况。你放心,成都离这里那么远,应该没有什么危险。他们担心的肯定是你,等等再试吧。"

"嗯。"顾小善收起手机,看了看黑暗中何小诚发亮的眼睛,轻声说道,"刚才我真的好怕好怕,谢谢你救了我!"说完,便靠在他的肩上,闭上了双眼。此刻,刚刚经历一场生死大难,何小诚成了她黑暗中的唯一依靠。

何小诚看到顾小善第一次孤身来到白鹿,就遭遇如此变故,一个年轻美丽的生命差点就香消玉殒,同时也就想到自己远在雅安四川农业大学读书的妹妹,此刻是否安全?于是,他很自然地伸出左手拥住顾小善,就像抱着自己的妹妹。

"虽然死神与我们擦肩而过,但是也只是暂时保住了性命，还是要想办法尽快出去才行。"他嗅着她的发香，听着她的心跳，思考着怎样去解决眼前的问题。

埋在瓦砾之下的两人，却不知道此刻的家乡正在经历一场什么样的深重劫难。

很快，随着电台新闻的一次次播报，2008年5月12日14时28分，发生在东经103.4度、北纬31度的四川省阿坝州汶川县映秀镇龙门山脉断裂带的"5·12"汶川地震的消息迅速传遍大江南北，震惊寰宇。

这场最后确定为里氏8.0级的地震，波及从成都邛崃到广元青川200多公里的范围，并在瞬间撕裂了600多万人幸福的家园、夺去了8万多条鲜活的生命，不仅牵动每个中国人的神经，也让世界心酸和痛心。

宁静秀美的白鹿古镇，也在山崩地裂中变得残垣断壁、满目疮痍。

处于半山坡处的白鹿镇党委政府的办公楼被震得严重倾斜，临街的一栋两层楼房垮塌，废墟滑向山足，和其他倒塌的民房一起，横七竖八地将清河街阻碍。

震后仅十多分钟，镇党委高书记在大院内看着围在自己身边的同事，看着他们满身的灰尘和满眼的期待，作为党委书记的他，此刻明白自己是大家心中的主心骨，自己必须做出表率，有所担当。于是，他很快调整心态，在初步了解本单位的受灾情况后，便火速召集在家的领导干部，召开了一次紧急会议，迅速开始部署相关工作。首先成立了由自己担任组长的白鹿镇抗震救灾工作领导小组，下设统计、救援、后勤等小组。他要求大家各负其责，动员镇上的经营户捐出米面油、矿泉水、衣服等，在国家救援到达之前确保老人、妇女和儿童饿不着、冷不了，全力以赴做好自救工作。随后，他带领部分人员马上奔向白鹿九年制学校，九百多名师生的安危一直让他牵挂。

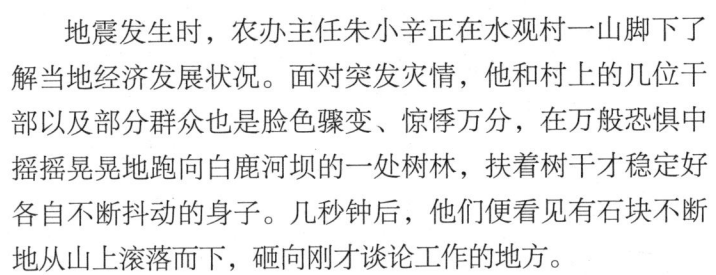

地震发生时，农办主任朱小辛正在水观村一山脚下了解当地经济发展状况。面对突发灾情，他和村上的几位干部以及部分群众也是脸色骤变、惊悸万分，在万般恐惧中摇摇晃晃地跑向白鹿河坝的一处树林，扶着树干才稳定好各自不断抖动的身子。几秒钟后，他们便看见有石块不断地从山上滚落而下，砸向刚才谈论工作的地方。

面对突如其来的地震，朱小辛想到政府大院一定也受到了损毁，而自己父母的店肯定也不会幸免于难。待大家稍微平静后，他掏出手机拨打高书记的电话、镇长的电话、父母的电话、同学何小诚的电话均无应答，自己的电话更无人打进。他知道这是移动基站、通信线路被地震破坏了。

"刘书记、张主任，你们马上组织力量抢救受伤村民，小李和我一起回政府看看。"朱小辛一边说着，一边带着农办的小李火速跑向政府大院，全然不顾间隙发生的余震和山上的滚石。

二人在镇医院门前和高书记一行相遇。朱小辛看见高书记双眼已经噙满泪水。从同事口中得知他们刚从学校那边过来，学校的一栋教学楼刚好处在地震带上，硬生生地被抬高了四五米，好在房屋结实，没有垮塌，不然后果可想而知。但是破裂的玻璃、掉落的门窗砖瓦还是让一百多名师生受到不同程度的伤害，还有一名教师因保护自己的学生付出了宝贵的生命。高书记要医院火速增派人手，赶去抢救受伤的师生。

"一个小时前我路过这里时，廖大娘还笑着对我说旅游旺季要来了，她的农家乐都全面做好了迎接游客的准备，可是转眼之间，她却和我阴阳两隔，我……"看着身

旁廖大娘的遗体和四周的残垣断壁，这位毕业于成都体育学院的硬朗铁汉突然哽咽难言。

高书记努力平息着内心的悲恸，把大家召集在周围，又召开了一次简短的党委扩大会议，冷静、果断地对大家说道："由于通信受损，朱小辛、王鹏、李洪，你们几个年轻男子要想办法尽快赶到远处的几个村去了解一下各村的受灾情况，让村上把民兵组织起来，抢救受灾村民，要把大家都集中在一个安全的地方，防止较大级别的余震带来二次损伤。路上也要注意自身的安全，争取明天上午十二点前回来。发生了这么一场大灾难，上级一定会相当重视的，但是我们不能坐等救援，我们在家的领导干部要马上组织力量对受灾群众进行自救。"

朱小辛来不及去父母的店看上一眼，领命前往塘坝子村。

成都新南门一小学运动场上，顾妈妈刚把惊慌失措的学生安顿好，就不停地拨打女儿的电话。同时，从单位跑出来的顾爸爸也在不停地拨打同一个电话，语音提示："手机无应答。"

4 / 那个牵挂人心的不眠之夜

下午四点左右,顾妈妈和顾爸爸坐上出租奔向彭州。早上女儿说到彭州白鹿镇采访,写一篇有关上书院特稿,现在想到那里正处于龙门山脉,而且距离震中也就四五十公里的距离,心里就是一阵阵后怕。

出租车翻过官渠堰(彭州境内称呼,四川统称"人民渠",系20世纪50年代全川人民用人工开挖的灌溉河,取彭州、都江堰交界处的蒲阳河水,流经成都、德阳、遂宁等地,全长200多公里,主要解决沿途农业灌溉之用)进到彭白线(彭州市区至龙门山镇,以前称"白水河"),就看见公路两边匆匆而行的人群,有不少人的头上、手臂或腿上都缠着纱布,时而听见救护车、警车呼啸而过,里面坐满伤员,也有几个群众用担架抬着伤员跑向医院。车内电台不断传来"都江堰聚源中学、建新小学楼房倒塌,有不少师生被埋和成都数百名出租车司机自发组成志愿队,赶往都江堰免费运送伤员和受困群众"的消息,更让担心女儿安全的顾妈妈和顾爸爸雪上加霜,只得四手紧扣、无言相望,任两眼热泪顺腮滚落,湿透衣襟。

出租车行驶到通济大桥,这里也被临时管制,暂时不能通车了。好心的司机婉言拒收了顾爸爸拿出的两百元车费，又顺带几名逃难的游客往成都去了。

顾妈妈和顾爸爸在大桥中段便看到去白鹿的路牌，经过通济场口时，看到的也是不少倒塌的房屋和匆匆逃难的人群。有好心人看到两人竟然和人群反向而行，忙出言相劝："你们怎么还朝山里去啊？还有大的余震，赶快往城里逃吧！"

顾妈妈和顾爸爸已经顾不上自己了，两人想象不出失去女儿的世界会是怎样的一种情形。

由于顾妈妈过度悲伤，顾爸爸只得搀扶着她向白鹿方向踱步而行。

两人沿着小夫路（彭州小鱼洞至什邡夫妻桥，途经通济、白鹿）走了一里多路，听见身后有汽车喇叭声，回头一看是辆标有"12315"字样的面包车正向白鹿方向驶去。

还未等顾爸爸招手，这辆面包车便停在两人面前。

"你们这是要去哪里？"一位坐在副驾、身着工商制服的中年男子友好地询问道。

"我们这是去白鹿，找女儿。"顾爸爸哽咽道，说起女儿，两人又是一阵泪奔。

"我们是通济工商所的干部，开车的是张所长。"坐在副驾的工商干部向两人介绍着，"我们也是去前面的思文场和白鹿镇了解一下个体私营企业的受灾情况，正好捎你们一段路。"

车子行驶到思文场，狭长的街道上，因为倒塌的房屋，阻碍了车辆前行。这时，已经有一支两百余人的部队官兵整齐地跑向受灾现场。

"看来只能把你们送到这里了。"张所长抱歉地和顾爸爸握手道别，"我们要先在这里了解一些情况，就不和你们同行了。"

"谢谢你们！"两人很感激地和两名工商干部挥挥手，继续向白鹿步行而去。

"同志，请不要再往里走了。"当他们急匆匆走到水观村时，被临时设立在这里的白鹿镇抗震救灾指挥部的同志友好地拦下了。

"我们要进去找女儿！"顾妈妈声嘶力竭地叫了一声后，跟着一阵头晕。顾爸爸只得一边向工作人员解释，一边扶着她到路旁的长凳上休息。

"现在天马上就要黑了，余震不断发生，山上随时都有滚石落下，安全第一啊！"另外一名工作人员连忙给顾爸爸送上一瓶响水洞矿泉水，安慰着两人，"你们暂时就在这里休息一晚，明天一早再去找女儿吧。"

夜幕降临，气温也随之下降。两人在工作人员的安排下，走进一个村民用花油布搭起的帐篷内。不远处有几位村民在一名镇干部的招呼下，燃起一堆篝火，还在上面架起一口大铁锅，熬起稀饭。

看见火光，附近村民犹如看到希望，又有一大群人慢慢聚集到了火堆周围，开始聊起家常，让低沉的氛围渐渐升起一团生气。接着，又有几名年轻人将熬好的稀饭一碗碗送进帐篷。

有光就有希望，有火就有温暖。当回到指挥部的高书记看到这温馨的一幕后，马上召集几名年轻干部，要他们迅速赶到附近几个受灾群众集中点，如法炮制，安顿好外地游客，绝不能让受灾群众饿着、冻着。

随后，高书记走进帐篷找到顾爸爸和顾妈妈，轻声安抚着两人："我是白鹿镇的书记，我们会全力抢救每一位受灾群众的。现在，子弟兵正和我们的民兵救援队一起，

连夜组织搜寻。救出的伤员，都要经过这里送到市里的医院医治，特别严重的要送到成都抢救，如果有年轻女孩，我们会喊你们去看看的。"

"谢谢！谢谢你们！"顾爸爸拉着高书记的双手连声说道，不禁又是泪流满面。

看到这让人心酸的一幕，天灾面前，村民们只能以一句"吉人自有天相"来相劝。

随后几个小时，不断有伤员被木板、门板或者树木做成的简易担架，被子一半垫着一半盖着地抬送下来，转运车辆送到思文场后，还得用担架抬着送到那边的车辆上，只是一直没有年轻的女孩出现。

一位村民冒险回到自己那栋被地震损毁的危房，拿出一床凉席和毛巾被给顾爸爸和顾妈妈，劝两人休息一下，保重身体。

这是一个难熬之夜。

"爸爸！""妈妈！"尽管身体极度疲惫、困乏，但是顾爸爸和顾妈妈仍然无法入睡。只要闭上双眼，女儿小时候那天真可爱的模样、长大后那青春阳光的笑容，总是一幕幕地呈现眼前，让人无比想念。

"善善，小善，我的善善。"直到晨曦时分，两人才在不停地念叨中慢慢睡着。

由于地震破坏山道，当朱小辛翻山越岭、跌跌撞撞地赶到塘坝子村时，已是傍晚时分。距离村委会不远处的山坳里，一栋木结构平房已经垮塌，这正是他同学何小诚的家。

当年他考取四川农业大学，成绩更为优异的何小诚考上四川大学。哪知何小诚的父亲突然去世，而母亲又多病，妹妹何小颖刚考进彭州中学实验班。于是，何小诚含泪弃读，挑起一家人的生活重担。

见此情形，朱小辛正为多病的何妈妈担心。村主任和几名壮年男子已经将脸部留有血迹的何妈妈用门板做成的担架，从旁边一条小道抬了出来。

"朱主任来啦！"村主任惊讶地和他打招呼，"真是想不到，这种情况下你都赶到我们这里来了。"

"电话不通，镇上要尽快了解各村受灾情况。"看见何妈妈伤情严重，朱小辛接着说道，"何妈妈现在是一个人在家，你马上安排几个人将她送到市医院，路上拦不到车，就是抬也要抬到医院。到医院后，尽快联系何小颖，估计城里的通信应该没有震坏。如果联系不上，你们要留下一个人来照看何妈妈。"他一边说着话，一边掏出纸笔写下何小颖的电话递给村主任。

村主任将纸条交给二组组长，叮嘱他和其余三人路上小心，将何妈妈安全送进医院。

看着他们抬着担架离去，村主任这才带着朱小辛向村委会走去。

来到村委会，朱小辛看见村委会办公室前面的那片空地上，已经用花油布搭起两个遮雨篷，以防雨水和山雾。村支书正在耐心地安抚着村民。

"朱主任来啦。"村支书握住朱小辛的手，向他汇报了村上的受灾情况。

"你们的救援工作做得好，干部们辛苦了！"当朱小辛了解到全村三百多户人家、近九百余名村民无一人死亡，受到轻微伤害的三十六人已在村卫生室做了包扎，十二位伤势较重的已经安排村民送往镇上医院和市医院，全部倒塌的房屋只有九栋，另外有四十多栋房屋受到一定程度破坏的情况时才稍有心安。

"房子倒了可以重建，生命才是最宝贵的，一定要确保村民们的安全，注意余震，防止二次破坏。"朱小辛和村支书交换了意见，同时动员村里的副食经营户和农家乐经营户拿出库存的食品、矿泉水等，以保障老人、妇女、儿童不挨饿。能找出米面油的人家，在确保安全的情况下，村里派人一起去拿，最好全村统一在这里搭灶做饭。

"我们要坚持几天，相信党和政府会很快派人来救援大家的。"深夜，朱小辛和村支书一起走进帐篷，再次安慰着村民们。

然后，他和村上干部们一起，在外面燃起一堆篝火，度过了地震后的第一个不眠之夜。

位于四川省雅安市的四川农业大学校内，当农技专业的大二学生何小颖听说震中在汶川县映秀镇时，她突然感到一阵惊悸，脸色变得惨白。

"这么大的地震，我家离映秀镇直线距离只有几十公里啊！"她不敢想象家里会出现一种怎样的状况。

何小颖尽力平息着自己怦怦直跳的心，用颤抖的双手捧着手机，再用抖动的手指按着上面的号码。家里的电话不通，哥哥的手机无应答，朱小辛的手机也打不进，村里所有有联系的电话都无法接通。此刻，她知道是家乡的通信瘫痪了。

亲人的安危牵动着何小颖的每一根神经，她让同学帮自己向老师请个假，一刻不停地奔向雅安市客运中心。

当最后一班长途客运汽车从雅安驶入成都石羊场车站，何小颖再转乘城市公交到达城北汽车站时，已经错过开往彭州的末班车了。一向节俭的她决定打车回家，但是此时成都的出租司机好像是事先约定好了一般，都赶往灾区去运送伤员了。

何小颖只得先坐上24路车到达大丰镇，在这里拦了一位好心司机的面包车坐到新繁镇，而后这位司机还帮她拦了一辆开往彭州的小车。

车上，何小颖还在不停地拨打亲人们的电话。得知她遭遇的驾驶员也不停地安慰着她，还表示将不计报酬地把她送到家里。

就在车子刚过成灌铁路下穿隧道、行驶到彭州市二环路"彭人击鼓"雕塑下面的转盘时，何小颖接到了塘坝村二组组长的电话："你是何小颖吧？你妈在地震中受了伤，现在正在市人民医院急救，村主任让我给你打个电话。"

"啊，赵伯，你好！"何小颖急切地问道，"我妈现在什么情况？我哥在不？"

"你妈头部、腰部和腿部被垮塌的砖瓦砸了，不过现在没有生命危险，你哥在镇上，我们也不了解情况。"

"赵伯，我已经回来了，马上就到医院来。"

何小颖赶到医院后，赵伯将她带到医院在大院用帐篷搭建的骨科临时住院部。

看到头部缠满绷带的妈妈，何小颖心里一酸，上前抱着妈妈一阵哭喊着："妈妈，你可不要吓我，你醒醒，让我看看你。"

过了一会儿，何妈妈听到女儿的声音，慢慢睁开双眼："小颖，不要难过，妈妈只是受了一点伤，就是不知道你哥现在咋样？他可千万不要出什么事啊！"担心儿子的何妈妈一边说着话，一边用手擦拭着眼角不断涌出的泪水。

"何妈妈、小颖，小诚是个孝顺的孩子，吉人自有天相，相信他不会有事的。"赵伯和几位村民都不停地安慰着母女俩。赵伯还告诉小颖，何妈妈的断层扫描照片结果明天早上就出来了。他们还得赶回去照顾家人和村民，如果有她哥哥的消息就会马上通知她。

"小颖，是赵伯他们几个救了我，又连夜把我送到医院。"何妈妈拉着女儿的手说道，"快向他们道个谢，让他们赶快回去吧。"

"谢谢你们了！我会照看好妈妈的。"何小颖向赵伯和几位村民道了谢，再把他们送出医院，然后回到大帐篷病房，同母亲和其他地震中受伤的病人及其家属，谈论着地震发生时的难忘瞬间。每当有伤员送进医院时，她都第一时间跑过去打听，希望能寻找到一点点哥哥的情况。她便在这焦急的等待和不安的期盼中度过地震后的第一个夜晚。

5 / 那场让人心碎的寻找与呼救

因为过度恐慌与惊吓，靠在何小诚肩上的顾小善闭上双眼后就是一阵沉睡。

"爸爸！妈妈！"她蜷缩着身子，口中不时地发出梦呓般的呼喊，然后伸出手臂，将何小诚紧紧拥住，"我怕，你们不要离开我，不要离开我。"

"哎，好可怜的女孩，怎么一来就遇上这么一件大事呢！"黑暗中，冷静下来的何小诚一手抚摸着顾小善的一头秀发，一边思考着两人应该怎样去面对眼下的困局，等待救援，然后活着从这片废墟中走出去。

"也不知道妈妈和妹妹现在怎样了？"何小诚想起独自在家的妈妈，想起远在雅安求学的妹妹，心里就是一阵疼痛。虽然自己目前生命无忧，但是总得活着出去才能见到她们、照顾她们啊。

"啊！"突然，顾小善又是一声惊呼，猛然从睡梦中睁开双眼，一身冷汗惊吓而出，迅速浸透内衣。

"你做噩梦了？"顾小善醒来之时，耳边传来一声关切的问询。

"嗯，梦见爸爸妈妈在楼下散步，地震来了，高楼倒向他们，我大声喊叫，他们听不见；我想伸手去推开他们，可是我的双手怎么也伸不出去，我好害怕，就忍不住大叫起来。"顾小善醒来，眼前漆黑一片，自己的双手还紧紧抱着何小诚这位相识不久的男子。原来自己和他还掩埋在一片废墟之下。

"不好意思。"顾小善松开手，感觉自己耳根在微微发热发红。长这么大，除了自己的老爸，她还没有和其他男子有过这样的接触，而自己却能在他的臂弯里一睡数小时。

"我再看看电话能打通不？"她连忙找了个理由来掩饰自己的羞涩。

何小诚也将自己拥住顾小善头部的右手臂放了下来，他还是第一次和女孩有着这样亲密的动作。但是这一切又都是那样顺其自然地发生了。

顾小善打开电话，按着自己熟悉的号码，但是仍然没有一个能打通。此时，已经是晚上八点多了。

"看来是附近的基站被震坏了。你把手机关了，明天再试试吧，要是手机没电，就是想联系都联系不了。"何小诚坦诚地说道，"这么大的地震，不知道会给人类带来多大的伤害。现在能活着，就是最大的造化。我们没有能力自己出去，但是一定要想方设法自救，坚持活下去，耐心等待救援。现在已经很晚了，估计也没有人经过这里，我们等到明天白天再想办法吧。你放心，只要我活着，就不会让你出事。"

听着何小诚的铮铮誓言，顾小善静静地安下心来。

何小诚伸出自己的右手，将顾小善的左手紧紧地攥在手心。他们背靠岩石，双目一致向外望去，要让渴望生活的炽热眼光，穿透这片漆黑的苍穹。

慢慢地,困倦再次袭来,两人就这样手握手、肩靠肩、头挨头地沉睡过去。

"咕噜!"不知是谁的肚子传来一声响,两人同时睁开了眼。

"饿了吧?"他们又是同时一问。

"嗯,好像我们都没有提过要吃饭呢。"顾小善小声说着,"我看看现在是什么时候了。"

"我去垃圾桶里看看,找找有没有东西可以填填肚子。"何小诚很自然地松开紧攥着顾小善的手,说道,"你再试试,看电话能打通不?"

顾小善打开手机,一看时间已是5月13日早上六点了。

"我还从来没有这样沉睡过,而且是在这样的环境。"她一边说着一边拨打电话,但是电话仍然打不通。

"那是因为太累,又受了惊吓。"何小诚解释道,"我也昏睡了一晚,也不知道家人现在怎样了。"

"家人会更着急的,我都不知道我的父母会不会发疯。"

"后果不敢想象,但是我们只能等待、只能坚持,所以我要去寻找一点吃的东西。"

"你别去那里找,我包里还有几个达利园小面包、半袋饼干、几块巧克力。"顾小善连忙拉住他,"还有你给的两瓶矿泉水,我才喝了一点点。"

"我还是去找找吧。"何小诚真诚地说道,"我们不知道还会困多久,你先自己吃点,感觉不饿就行,水也要一点一点地喝,尽量少喝,能保持体内合适的水分就可以了,这里也没有厕所。如果能找点食物最好,在这种状况下,什么也不能嫌弃了。"

他还把自己父亲曾经遇到煤矿发生透水事件而被埋在

矿下多日、因为没有水喝，没有吃的而丧命的事情告诉顾小善，要两人做好打持久战的准备，在这个狭小的空间里，吃喝拉撒的事都要考虑周到。

"那我用手机给你照照亮。"顾小善打开手机电筒，看着何小诚在垃圾桶里翻找。

最后，他们在两个垃圾桶里找到四瓶装有一半或者小半瓶的矿泉水、半袋饼干、各装有一个馒头和半截油条的食品袋。

"还是有战果呢，我们先用一点水洗洗手、洗洗脸吧，你看我俩现在的样子，都成大花猫了。"搜寻结束，何小诚苦中作乐道，"然后我可以先用这半截油条充充饥，你就吃点自己带的东西吧。"

顾小善用手机电筒照照何小诚，又照照自己："我可看不到自己啊。"

"跟我差不多。"

顾小善不信，直到拿出小镜子一看，才苦笑了一声："真够狼狈的。"

于是，两人互相给对方一点点地倒水，洗了手，再洗了脸，然后各自吃了一点东西。

刚才在翻找食物时，何小诚发现剩下的两个垃圾桶还可以移动，只要躬下身子，头紧贴着垃圾桶盖，垃圾桶与瓦砾之间的距离还容得下自己一步步移到垃圾桶的另一侧，于是对顾小善说道："如果你想方便的话，就告诉我。我们把这两个垃圾桶往这边拉一点，你就可以过去解决了。"

"嗯，谢谢你！"顾小善心里一热，没有想到这个小伙子这样细心，居然将这些事情都考虑得如此周到。但是如果自己真的要在他面前方便，那该有多尴尬。

"那我……"顾小善羞涩地低头,欲言又止,"现在就想过去一下。"

何小诚用力拉动垃圾桶,右臂突然传来一阵不适。用左手一摸,肿痛不已,这才想起是躲进这里前几秒被震落的瓦片所伤。但他仍强忍着疼痛,右手护住顾小善的头部,左手护住她的腰部,慢慢移向垃圾桶另一侧。他知道不好意思的她肯定已经憋了不短的时间。

顾小善也是小心翼翼地移动着自己的身子,然后关了手机电筒,红着脸蹲了下去。

"好在没有破皮,我包里还有一张麝香虎骨膏,可以暂时缓解疼痛。"顾小善回来后,打开手机电筒找到膏药,一边用嘴吹着何小诚受伤的右手臂,一边将膏药贴上,眼里更是一片痛惜,这都是为了她而负的伤啊!

阵阵温软、湿润的热风袭过,何小诚痛感顿消。

"啊!"顾小善习惯性后仰身子,后背不注意地碰在垃圾桶的拉手上,便有一阵钻心的疼痛从碰着的地方传出,手机"啪"地掉落地上,那束亮光刚好照射在何小诚脸上。

"你怎么了?"何小诚惊异地问。

"好痛!"顾小善摸着后背,龇牙咧嘴地说道。

"让我看看。"何小诚眼里透出一股韧劲,坚定地道,"你的命要紧。"

"这……"顾小善突然羞红了脸,但眼前的男孩,目光清纯,的确让人信赖。

于是,何小诚又将垃圾桶往另外一边推过去,尽量给自己和顾小善腾出更多的空间,好查看她的伤情。

顾小善撩起运动服,将洁白、光滑的后背裸露在何小诚眼前。

何小诚心无旁骛，拿着手机电筒，仔细查看着顾小善的伤势。

"后背被瓦砾砸了一下，好在伤口不大，有创可贴吗？"

"包里有，这些东西都是外出时随身携带的。可是为什么那么长的时间我都没有感觉到痛呢？"

"估计我们是同时被瓦片砸了，当时为了保命，哪里还顾得上想其他的事情。惊恐之下，什么都会忘记的。"

"所以刚才被垃圾桶拉手顶了一下，又重新疼痛起来。"

"嗯，你看伤口周边的血都凝固了，你拿张湿巾纸出来，我先擦拭一下。最后只能用我们的土办法给伤口消毒啊！"

"什么土办法？"

"没听说过唾液有消毒杀菌的功效吗？"

"你这也太……那个了吧？"顾小善嘀咕着，感觉脸颊更加发热发烫，将头深埋下去。平时，她最讨厌的就是男人的戏谑之语，而此时此刻却没有丝毫生气的缘由。

何小诚小心地擦拭着顾小善后背的伤口，将湿巾纸折叠后，贴上一个创可贴。

"好了，应该没有大碍。"何小诚看着顾小善小心放下运动服后，将手机递还给她，"最好隔一天再换一个。"

"有人吗？外面有人吗？"何小诚休息一会儿后，双手做成喇叭状，开始向外呼叫，"救救我们！"

每呼叫一次后，两人又静静倾听一会儿。如此多次反复，始终没有听到外面传来回音。

"也许是没有人经过这里吧？也许是上面堆积的瓦砾太多，没有人听见吧？也许是还没有人来这里搜救吧？"两人喃喃自语，不停地找各种理由安慰自己。

何小诚又在瓦砾中摸到一块砖头，然后用力敲打山壁、敲打地面、敲打垃圾桶和倒下的建筑物，想要通过这碰撞的声音，将两人埋在瓦砾下的讯息传递出去，但是那声响也很微弱，不能传得太远。万般无奈之下，他还是每隔十多分钟就向外呼叫几声，顾小善也是隔一会儿就又拨打一下自己的手机，仍是呼叫无回音。

此刻的白鹿场镇已经没有了往日的热闹与喧嚣，四处都见残垣断壁、房屋倒塌，住在旅馆和农家乐的游客全都离开了这里，街上的居民也大都投亲靠友，剩下的住户便在学校、市场、河坝等宽阔的地方搭起了帐篷，几条大街与小巷显得空旷而寂寥，天空也变得异常低沉、昏暗，伴着阵阵山风，不时地飘下几滴冰凉的雨水。

早晨，在帐篷里待了一宿的顾爸爸、顾妈妈吃过村民送上的一碗热气腾腾的稀饭后，继续开始寻找女儿。

两人先去了镇医院，然后又去了附近几个临时居住点，希望能听见女儿的声音，看到女儿的身影。

"请问大姐，你们看见过这个女孩吗？"顾爸爸还从手机里翻出女儿刚到报社实习时坐在电脑前的一张工作照，让大家确认，"你们有没有碰见过她？"

"小善，你在哪里？"面对倒塌的房屋和瓦砾掩埋的地方，两人一路踱步而行，一路竭力呼喊，"听见爸爸妈妈的声音了吗？"

一声呼喊两行泪，屋里和山间传回来的还是两人悲恸的叫声，让人揪心。喊着喊着，顾妈妈又昏厥过去了。

这时，杨大娘正好从一个临时居住点出来，想要去医院看看受伤的邻居。

她连忙伸出双手，和顾爸爸一起将顾妈妈扶进临时居住点的帐篷内，马上就有人找来一把圈椅让顾妈妈坐下。

"她这是心急造成的。"杨大娘麻利地从包里掏出一瓶风油精，在顾妈妈的太阳穴上涂抹两下，然后掐了一下顾妈妈的人中说道，"先让她喘喘气，休息一会儿就好了。"

"你们是外地过来找人的？"杨大娘看见顾爸爸眼生，但是这面相又仿佛在哪里见过，还想再确认一下，"是成都人？找女儿？"她突然想到自己见过的那个女孩和眼前中年男子面部有很多相像的地方。

"你见过我女儿？她在哪里？"顾爸爸急忙从手机里翻出女儿照片，"你仔细看看，是她吗？"

"嗯，大哥，肯定是她。"杨大娘认真看了一眼照片，还是那甜甜的笑脸、大大的双眼，笃定地道，"我还说她的声音像我们山里的画眉在叫呢。只是后来她跟我进了教堂后，就不见了。看见她，就像看见我那正在读大学的女儿。"

"这么漂亮、乖巧的女儿，可不能有事啊！"说完，杨大娘还虔诚地伸出右手，在自己胸前画着十字架。

顾妈妈在迷糊之中好像听到有人说起自己的女儿，慢慢清醒过来。

"这样，我陪你们再去指挥部看看，说说情况。"说完，杨大娘带着两人向白鹿镇抗震救灾指挥部走去。

6 / 那段让人生死相许的等待

在抗震救灾指挥部现场，所有人都在忙碌着，军区的子弟兵又赶来一批，外地组织的救援队闻讯而至，正在地方干部的协调下，搬运救援物资，搭建驻地帐篷；两支救援队伍在地方民兵救援队的带领下，正准备奔赴救援现场。

"小刘，高书记在哪？"小刘正在认真记录顾爸爸叙述的事情，从塘坝村急急忙忙赶回来的朱小辛一边擦拭着满头的汗水，一边急促问道。

"啊，朱主任回来了。"小刘抬头看了看他说道，"高书记在里面的临时办公室，正和部队首长衔接救援一事。"说完又继续记录。

"那我等等再去向他汇报。"朱小辛顺手拿过一瓶矿泉水，拧开后一口就喝了一半，然后看小刘记录。

"杨大娘，你家里没事吧？"他侧身一看，身旁是杨大娘和两个不认识的人。

"没事，没事。倒是你家里……"杨大娘连忙回答着，一边却欲言又止。

"哎，你在外面拼命工作啊，你父母……"杨大娘正要婉转说出自己知道的一点情况，高书记和两名军区的军官从一旁的帐篷内走了出来。

高书记看见朱小辛，招呼他过去后，将他介绍给两名军官。

"朱主任，辛苦了。"高书记与两名军官握手告别后，转过身来，拍着朱小辛的肩膀，痛惜地道，"我要告诉你一个不太好的消息，你是男子汉，要挺住。"

"高书记，我没事。"朱小辛端正地站立着，眼里却已噙满泪水，知道那是不幸之事。

"你妈头部受了一点伤，昨晚救她出来在医院做了急救，休息一会儿后就无大碍了。你爸为了救你妈，用自己的身体挡住了落下的砖头，双腿和腰部都受了伤，好在无性命之忧，昨晚连夜送去了市中医院救治，金桥村村委会派了专人照看。"高书记简单地介绍了朱小辛父母的情况，最后含泪赞叹道，"你妈真伟大啊！住在医院的伤员缺水少食，她还强忍着头部的伤痛，带了几个人去店里将食品和矿泉水全部拿了过来，送给了大家。医院酒精用完了，她让人去将店里的白酒拿来给伤员消毒。今天上午，她还坚持去市里，要亲自照看你爸。她真是个了不起女人。"

"我妈就是那样一个人，朴实、善良，口里说不出什么，但是心是热的。谢谢你，高书记。"朱小辛知道了父母的具体情况，哽咽地道。同时，他也为母亲的行为感到欣慰。

当高书记从朱小辛口中了解了塘坝村的情况，也稍感放心，随后征求式地问起朱小辛的安排。

"高书记，既然家里已是这样的状况，我在这里听你调遣了！"

高书记马上安排朱小辛做起抗震救灾指挥部协调工作。

"还有,这是你妈让我转交给你的手机,是你同学何小诚的。到现在我们都还没有找到他。"高书记拿出一部手机交到朱小辛手里,随后说道,"现在有两支部队、一家外地组织的救援队加入我们的救援中,希望能尽快有所发现。你这里的协调工作很重要,有什么重大事情要马上告诉我。"

"何小诚那么机灵,应该不会有事吧。"朱小辛接过手机,嘀咕了一句。他把刚才看到杨大娘等人的事向高书记做了汇报。

"你们寻找女儿的急切心情我理解,但是目前的救援还得一步步来。"高书记了解相关情况后,很亲切地劝慰着顾爸爸、顾妈妈,"从我们送去外地救治的伤员统计中,目前还没有年轻的外地女孩,不出意外的话,应该是困在哪里了。现在镇里到处都是危房,而且余震不断,我们有专业的搜救队伍在里面救援,一有消息会马上联系你们的。你们也要注意安全,不能再私自进去找人了。朱主任,你把他们安顿好。我再去看看移动基站抢修好了没有,这手机打不通是一点都不方便,再弄不好还真是个大问题啊。"

送走高书记,朱小辛将两人带进帐篷,又给他们拿了两盒方便面、两瓶矿泉水和一袋面包、一包饼干,并说了几句安慰的话,然后回到登记处,拿起小刘的登记簿看了起来。

看着那些在地震中受伤的、死亡的人名,都是那么的熟悉,他们的音容笑貌,立即浮现眼前。

"小辛,你回来啦。朱伯、朱妈等你吃饭呢。"

"一起吃吧，吃了再回去。"

"不啦，妈妈还在家等着呢。"

看着看着，何小诚和自己的身影也从登记簿中跃然而出，栩栩如生地呈现眼前。

"我俩是十多年的同学，更是生死兄弟，不行，我还得进去找找才放心。"朱小辛抹了一下眼角的泪水，跟小刘交代了一下，便向街上走去。

几条大街上，由两百多名子弟兵和当地民兵、外地救援队组成的救援队伍正在紧张地进行抢险救援工作，他们一边搜救人员，一边清理危房，以尽量减少二次灾害的发生。

"有人吗？听见请回应一声，或者像我一样敲击一下。"他们有的在呼叫，有的拿着斧头、铁锤或者石块在倒塌的房屋敲打，将救援的信息传递到被掩埋的地方。

"排长，这里有回音。"在樵人街，有一名被墙体压着双腿的居民被救了出来，火速送到部队的帐篷医院救治。

"我被一根横梁砸晕了，在地下睡了十多个小时，真是大难不死啊！"在兴鹿街，一名被救出的小伙很兴奋地告诉大家，"当时我想躲进衣柜里面去，哪想被屋顶掉下的横梁砸晕在衣柜旁边，好在衣柜挡住了落下的屋顶，我才完好无损地被救了出来。"

朱小辛也为这位小伙的遭遇感到庆幸，同时更希望这样的奇迹再次发生，看到下一个被救出的是何小诚。他在一栋栋倒塌的房屋前寻找、呼喊，期盼在两人的心灵感应下，发现他的踪迹。

走到清河街口，朱小辛便远远看到自家的房屋已经严重倾斜，二楼垮塌了一半，随时都有掉下白鹿河的可能。

因为街道狭窄，前前后后倒塌的房屋阻断了街道的正常通行，受伤的父母能够在第一时间被搜救出，难度也着实不小。看到堆砌如山的瓦砾，他的心突然间抽搐了一下：如果何小诚在铺子里面，肯定没有性命之忧，但是他要是向外躲，跑到街上去了呢？这前后倒塌的房屋，岂不是要将他压个正着。那样的后果，他简直不敢再想象下去。

"难道何小诚真的被眼前这些房屋和瓦砾掩埋了？"朱小辛捂住胸部，想去那些倒塌的房屋和瓦砾下挨个找寻一遍。

就在他准备爬上那一堆堆废墟的时候，从右前方政府驻地的山坡上走下一大群人，高书记和昨夜去回水村、红山村、三河店村了解情况的李洪、王鹏走在队伍的最前面。

"朱主任，你是要去家里看看吗？伯父伯母的情况怎样？"李洪看见朱小辛，连忙将他喊住，"高书记正要回指挥部找你呢。"

"高书记好！小李、小王回来啦。"朱小辛向他们打了招呼，走了过去，"他们只是受了一点伤，大难不死。"

"朱主任，刚才王鹏告诉我，说上书院完了，房子全部倒塌了。"高书记指着后面那群灰头土脸的人说道，"这些都是地震时在上书院拍摄婚纱照的外地人，所幸只有三人受了一点轻伤。现在，你和王鹏跟我再去那里看看，把相关情况了解清楚，到时再形成书面材料，向上级详细汇报。"

接着，他又安排李洪将这群人带到指挥部妥善安置，同时做好移动公司到指挥部安置临时基站的接待工作，尽快恢复通信。

三人顾不上吃午饭，每人在临时办公点拿了一瓶矿泉水、一块面包，便由王鹏带路，一起翻越政府驻地后面的山坡，向上书院走去。

而此时此刻，埋在废墟之下的何小诚似乎感觉到有人正要从自己头顶经过，连忙推了推顾小善。两人一起向外呼喊："有人吗？救救我们！"

接着，何小诚又拿起砖头四处敲击，希望外面有人能听见。但是两人静静地倾听了好一会儿，仍然无任何回应。

顾小善还想打开手机联系一下父母，可是手机已经没有电了。她突然心慌起来，害怕自己得不到救援，从此再也见不到亲爱的父母，还有那么多亲人、同学、朋友，而自己的生命，这才走过短短的二十二年，就要亲身经历生死离别；人生规划，还有那么多事没有去做，就连浪漫美好的爱情都还来不及品尝……想到这些，她的体内便传来阵阵钻心般的疼痛，当即失声痛哭，泪如泉涌。

"或许是我们埋得太深，声音根本就传不上去。"何小诚不停地安慰着顾小善，"你也别心急，虽然我们联系不上他们，但是外面有很多亲人在想着我们，政府也不会忘记我们，他们一定会想方设法援救每一位受难的人。"

黑漆漆的废墟里，顾小善时断时续的抽泣声，也让何小诚感到一阵失意与迷茫，昨天都还在为大难不死而庆幸，但是现在她却因为一时的孤独无援而格外伤感。而自己，还能不能活着见到母亲、妹妹、朋友呢？想到这些，他的双眼也禁不住噙满泪水。

何小诚也想哭。他想，如果这里只有自己一个人的话，是很想大声哭出来的。此时，听到顾小善的哭声，他不仅能理解其中的痛楚，更认识到里面的思念，还有一种情绪的释放。但是，他却不能哭。此刻，他必须勇敢地站出来，担负起一个男子汉的责任。

"小善，别难过了。"何小诚轻轻拍着她的后背，委婉相劝，"我们要勇敢面对眼前的困境，看到希望。只要有活下去的信心，就一定会等到救援的时刻。现在最坏的结果不外乎就是一个'死'字，但是我要告诉你的是'我活你活，你死我死，既然有缘相识，便是情义怜惜，黄泉路上相伴，人生永不孤寂'。"

悲痛欲绝之后，顾小善慢慢止住哭声，何小诚肝胆相照的言辞，让她重又燃起生命之火，人生的希望。

两人并排靠在山壁，顾小善缓缓将头靠向何小诚的肩上。

何小诚抓过她柔滑冰冷的左手，轻放在两人的腿上。跟着，他又伸出右手，从她脑后绕过，拥住她，以减轻山壁潮湿之气对她身体的侵袭。她的右手也旋即盖在他的左手上。

两人就这样依偎着，何小诚主动和顾小善拉起家常，还向她讲述起自己家乡那些优美动听的故事和令人神往的传说，希望通过交谈减轻她巨大的心理压力。

7 那些璀璨的古蜀文明

"白鹿镇是个风景秀丽的古镇,因为上书院的存在,目前正在全力打造中法风情小镇,可惜这场突如其来的地震,还不知道会变成什么样子。"何小诚甚是惋惜地说道。

"我也是因为祖奶奶那本日记而来的,本想等着采访完结后,写一篇有关寻找中法浪漫情怀、探秘中国爱恋小镇白鹿的特稿,哪想……"顾小善更为自己的遭遇懊悔,"祖奶奶的日记里,不仅描绘了很多白鹿的风土人情,更是记录了她在这里邂逅的那场伟大、美丽而又浪漫、温馨的爱情。她告诉我她之所以保守自己的秘密,让它深深地埋藏在自己心里,是因为在那些特定的时间和特殊的环境里,不想给我的爷爷奶奶、爸爸妈妈带来什么不好的后果,影响他们的成长和发展。现在不一样了,可以让我知道她的过往。看了她的日记,我就总想为她写点什么,来祭奠她曾经经历的那段美好爱情。可是现在……这个小小的愿望也实现不了。"

"放心,只要我们坚持,就一定能活着出去,你的这个愿望也一定会实现的。"何小诚了解到顾小善白鹿之行

的初衷后，决意为她树立活下去的信心，"亲人、朋友都还等着我们，还有很多的事都需要我们去做，就算是为了你的祖奶奶，你也一定要坚守到救援的最后一刻。而我，哎！"

"你怎么就突然叹息起来？"顾小善不解地问道。

"没事。"何小诚又坦然说了一声，"无论如何，我会坚持到有人将你救出。"

有一件事，何小诚现在是不能告诉顾小善的——那就是这个等待是一两天还是五六天，抑或更长，都没有确切的定数。他从在煤矿上班的爸爸口中了解到，一个人在无水无粮的状况下一般能存活72小时，而他们现在只有少量的水和食品。顾小善从外地来到自己的家乡，虽然是为她祖奶奶而来，但毕竟也是宣传白鹿，能为家乡发展助力。因此，从认识她的那刻起，他就在帮助她；当灾难突如其来，他便舍身相救；而两人被废墟掩埋后，他就决定要尽到一个男子汉的责任，用自己的生命守护这位善良美丽的姑娘，只要自己活着，就是她在这个"黑暗世界"的最大精神支柱。所以，他要把少得可怜的一点水和食品留给她，自己就吃点从垃圾桶中寻来的东西支持着。只有坚持到最后一刻，他才能说出真相。

"其实，我也喜欢写作，还在报刊上发表过文章呢。我的家乡历史悠久，文化底蕴丰富，当年我报考四川大学中文系，就是想多学点这方面的知识，打好基础，毕业后好写点有关家乡的文章。"

"我也是四川大学的，而且新闻学院还曾是中文系的一个专业呢，可惜因为你的父亲……不然我们都是校友了。"顾小善遗憾地道。

在等待救援的漫长时间里，为了开导顾小善，让她不去想那些伤心悲寂的事，何小诚给她讲述起自己收集和了解的有关家乡的古韵奇事："家乡人杰地灵，源远流长的古蜀文化历史更让人惊叹和仰慕。"

"我也去过三星堆，看过金沙遗址，成都三千年不变称号更是奇迹。"

两人头挨头、肩并肩，一场关于古蜀国的交流在这小小的黑暗空间伴着他们的言语弥漫、扩散，像是要引导两人穿越时空，冲破头顶上的层层瓦砾，回到那段绮丽、辉煌、悲壮的古蜀时代。

"五千年前，生活在中国甘肃南部、陕西西部的古羌人向来有'逐水草而居'的习性，过着'日升而出、日落而归'的自在生活。后来在强大的自然灾害影响下而陷入困境，他们迫于生计，便翻越黄土高原，蹚过黄河流域向南迁徙。为了以后能找到回家的路，他们都会在经过的岔道和山头、山腰、山足摆放白石头作为路标。他们来到龙门山脉中的岷江上游营盘山河谷冲积扇平原（今阿坝州茂县境内）一带，并与当地氏族中的戈基人进行了三场酣畅淋漓的'羌戈大战'。比武中，骁勇善战的古羌人以白石头为武器，最终打败了戈基人，而勤劳、开明、包容的戈基人也接纳了古羌人，并与其歃血为盟，和平相处，还可以互通婚姻，在共同的生存和繁衍中创立了古蜀文化，即被史料称作与中原文化的轩辕时代齐名的'蜀山氏'时代（著名的茂县营盘山古蜀文化遗址就坐落在这片河谷平原上）。他们除上山狩猎外，还栽桑养蚕，'蜀山氏'也改称'蚕丛氏'，从而开启了有史可考的'古蜀五王'历史（依次为蚕丛时代、柏灌时代、鱼凫时代、杜宇望帝的蒲卑时代、鳖灵丛帝的开明时代）的'蚕丛时代'，一起过着'营盘好地方，青山多娇娆，麋鹿山间跑，獐虎藏林中'的惬意安居生活。因为他们的互助互济、和睦相处,经过两百多年的发展后,这里呈现出鸟语花香、人丁兴旺的美好境况。但是随着人口的不断增加,他们的活动范围却只能局限于营盘山河谷两岸附近,生活资源便越来越少,慢慢开始危及大家将来的生存。为了族人的未来,蚕丛王于是一声号令,除在原地留守部分人员外,其余族人便沿岷江迁徙南下,向四川腹地挺进。

"开始,他们用树木、草藤绑扎木筏,想沿江而下,谁知几名族人刚把木筏撑进江里,便被水流湍急、深不见底的岷江无情吞噬。因此,对于方便快速的水上迁徙,他们一点也不敢奢想了。蚕丛王只得带领大家沿江而下,用棍棒、石器在幽深的岷江两岸开山劈道,凿成迁徙之路。由于族人众多、山路不畅,整个迁徙的过程充满艰辛,时间极为漫长。

"途中,蚕丛王还将队伍分成几路,并由几名副族长带队,在有支流汇入岷江的两山之间如茂县九顶山与彭州、什邡交界处之间南天门的长河,茂县仰天山与彭州交界处神仙路的湔源、茂县仰天山与汶川石门山(黑龙池)之间的漫坂河等地凿山开道,多路并进。他便在这几路迁徙大军中来回巡查、监工,统帅指挥。

"迁徙过程中,他们先是在河谷岸边找到一处较为宽阔的地带定居下来,一边生活繁衍后代,一边继续开拓山道。在寻找到下一个可以安身的地方后,再将整个族人转移到新的地方生活。

"经过近百年的迁徙后,其中一路迁徙队伍来到了茶坪山南麓——就是当今沱江支流湔江(玉垒山上有九峰,发源于玉垒山仙人峰的大金河、背光峰的小金河和长河、湔源在天牙峰下汇合后称为'银厂沟',而后与发源于茶坪山的白水河在今彭州市龙门山镇场镇口汇合后始称'湔江'。漫坂河也是白水河支流之一）的发源地。

"还有一路队伍继续顺岷江中下游进发，沿江边山足开凿道路。在打通灌县（现称都江堰市）北部的几座山峰后，队伍又分成数支，分别沿金马河、江安河、柏木河、蒲阳河等支流继续前行。在后来三百余年的迁徙途中，其生活的痕迹都可以在后来发掘的、距今约四千五百年历史的松茂古道、新津宝墩文化、温江鱼凫古城等遗址中找到。

"后来，蚕丛王则自己带领部分族人沿湔江支流白水河南进，继续着长长的迁徙之旅。

"当他们迁徙至马鬃岭西部山麓一带定居后，年事已高的蚕丛王看着眼前山高谷深、悬崖陡峭、岩石坚硬的崇山峻岭，竟也长吁短叹，担心自己能不能在有生之年带着族人走出这片大山。此时，从长河（也是银厂沟的上游）迁徙入川的队伍，在那名称为'柏灌'的继位副族长带领下，竟然凭借自己的聪明才智，沿小金河西进，翻越背光峰后又沿燕子河继续前行，居然在马鬃岭卿家山下的河谷地带与蚕丛王的队伍不期而遇。

"柏灌的聪明和勇敢获得每位族人的认同，他在蚕丛王的帮助下，仍然每天带领族人开山挖石，将迁徙之路一点点地向前推进。

"一次烧烤食物时，一位族人不慎将盛满河水的器皿撞落火堆，柏灌在火灭的时候，发现一块石头却断成几瓣。于是，他们从中悟出了物体热胀冷缩的原理，以后每遇到坚硬的岩石时，便改用火攻，先将岩石用火烧烤至发烫、发红，再浇以冷水令其开裂、破碎，加快了凿山进度。

"更意外的是，他们在烧石凿道时发现有不少的金黄色液体顺着石缝流出，冷却后变得异常坚硬。尖状的能轻易刺进动物体内；薄的却是锋利无比，能很快砍倒一棵大树；重的拿在手里，稍一用力就能敲碎石块。

"他们知道自己找到宝藏了，便把这里称为'宝山'。后来，他们利用石沙、石块做模型，铸造出一件件捕猎用的刀枪、生活用的碗盆、开山用的钎锤……不经意间进入古蜀先民的青铜器时代。

"蚕丛王去世后，柏灌顺应民心继承王位，带领族人继续沿河谷凿山行进，最终迁徙到地势较为开阔的'湔江'河谷地带（现龙门山镇、小鱼洞镇、通济镇一带）定居，建国于'瞿上'（今彭州市通济镇'海窝子'社区），并与当地彭族人和睦共生，成为'蜀族'先祖，开启古蜀'鱼凫王时代'（《蜀王本纪》'鱼凫田于湔山，得仙，今庙祀之于湔'便是佐证）。

"在以后数百年的繁衍生息和与大自然的抗争中，他们学会了打鱼、耕种，并驯化野象、野牛充当劳动的工具；掌握自然规律、顺应天时地安排生产和生活，并总结出天文历法等科学知识；对'日月星辰'顶礼膜拜，进而养成'崇鸟崇日'的习俗。

"为了能够风调雨顺，他们用发现的宝藏、以自己的聪慧铸造出许多的'青铜纵目人''青铜鸟''圆日形器''青铜神树'和'太阳神鸟'等面具及仙人礼器、神器，并通过湔江、蒲阳河、岷江等河道运转到广汉、郫邑、成都、新津等地作为'图腾崇拜'的经典祭器让族人供奉，以祈祷天神和日神保佑。

"当时湔江东岸的牛心山和西岸的丹景山作为龙门山脉过渡到成都平原的前沿，两山对峙形状如阙，史书称为

'一夫当关、万夫莫开'的险峻'彭门阙'（后人也称'天彭门'）。春去秋来，任凭汹涌的江水在山足惊涛拍岸，从两山阙口之间一泻千里，而后经无数向东、向南的沟壑分流而下，润泽整个天府。

"1147米高的丹景山顶，有一个巨大的磐陀石，在此迎风而列，可以北望龙门群山，南瞰天府平原，所以成为古蜀人眺望故乡、祭天拜祖而登临的高台，更是古蜀帝王设祠祭告天地日月诸神、祈求族人幸福的圣地。即便后来建立三星堆王国、建都郫邑的蜀王，也都还会在每年正月初一来这里眺望故乡、祭天拜祖。

"后来继位的蜀王王建还封丹景山为圣山，并在山顶修建了'望乡台'。至今，这里的每年正月初一、初五、十五，还传承着浓郁的朝山拜佛、祈祷安康的习俗。

"古蜀国的繁荣持续了一千五百多年后，最后因秦军入蜀引发的战乱和遭遇的天灾水患'仙去'了……纵然是漫长的时间洗礼和地理位置的变迁，但也丝毫改变不了这段历史的辉煌——1986年广汉三星堆遗址和2001年金沙遗址的发掘，当那些如梦如幻的青铜雕像、精美绝伦的精细饰物呈现在世人面前时，不仅让我们找回了这段古老而璀璨的巴蜀文明，还揭晓了曾经生活在成都平原的古蜀先民勤劳、智慧、自信、勇敢的品质和具有文化灵魂的创新进取、和谐包容精神。人们还惊奇地发现，广汉三星堆的形状、摆放与湔江上游的丹景山、天台山、白鹿山以及湔江发源地的九顶山、太子城、九峰山是何其相似，而且从高到低，依次呈现'三星拱月''三星望月''三星拜月'景象。这里不仅山清水秀、景色迷人，更有那段绮丽的古蜀文明史至今让人津津乐道，并引来各方专家、学者及游客的探秘和遐想。"

顾小善被何小诚精彩的讲述吸引，想不到自己在三星堆遗址和金沙博物馆看到的那些精美铜器还有这么一段壮美、惊奇的来历，更想不到身边的小伙虽然无缘高等学府的深造，但是对古蜀文化却有着这么深层的认识和了解，还真是让人震惊、钦佩，同时引起了自己与他谈论彭州丰富文化的兴趣。

"我记得四川省博物院也收藏了很多彭州出土文物啊。"

"是的，而那件1959年冬季在当时彭县（现彭州）竹瓦乡（现蒙阳镇竹瓦社区）出土的人面牛纹大铜罍铸造精巧、纹饰华美，还是镇馆之宝呢，与距此不远的广汉三星堆青铜器如出一辙，共同向世人展示其神秘、灿烂的古蜀文化。"

"我也看过这样的考古文章，据西汉扬雄的《蜀王本纪》和东晋常璩的《华阳国志》记载：'有蜀侯蚕丛，其目纵，始称王。次王曰柏灌。次王曰鱼凫。'这就是古蜀史上的前三代蜀王，他们'各数百岁，皆神化不死'。蚕丛是'蚕神'，教百姓种桑养蚕。而甲骨文的'蜀'字，在《说文解字》中的解释便是'葵中蚕也'，就像一条爬行的蚕。看来这就是古蜀国定名的由来吧。"

"其实，《华阳国志》记载也有夸张。之所以有前三代蜀王'各数百岁，皆神化不死'的说法，那是因为精明的蚕丛王利用自己长着的一双'千里眼'、一对'顺风耳'，在九顶山和太子城上发现南边的一片沃野之地，便萌生出带领族人迁徙的意图。在迁徙的途中发现宝藏，就派遣能工巧匠，打造出金箔面罩将自己的脸罩起来，然后手持代表权势的金杖，发号施令。他后来选定的继任者也都是沿袭这样的装饰，没有人看过他们的真正面目，便让后人产生了蜀王长生不死的误会。"

"也有史学家说整个彭州都是古蜀先民的生活区域，而这里出土的青铜器窖藏更是充分印证了这个观点的正确。他们在湔江河谷两岸养蚕织衣、养猪打鱼，烫着火锅、品着小酒，在这里度过了安逸、富裕的数百年光阴。现在的学术界普遍认为，彭州、三星堆以及金沙就是古蜀文明的三大源头，产生于成都平原上璀璨的古蜀文明也是中华文明的源头之一。"

"是呀，我现在也了解到彭州不仅是古蜀之源，更是一个宜居、休闲、养老的胜地，恐怕学术界的观点都有这样的认识吧。而且彭州吃的东西也有名啊，我就是吃着九尺板鸭、啃着军屯锅盔长大的，因为我家巷子口就有卖的。"

"这里好吃的还有很多，等我们出去了，我带你尝遍彭州的美食，看尽彭州的美景。"

"祖奶奶的日记里记录了当时白鹿的风土人情，更多的是她在这里度过的少年时光和青春的美好回忆。"

"看来，你跟彭州挺有缘的。能说说你祖奶奶的故事吗？"

"本来，这是我和祖奶奶之间的秘密，现在我也不妨讲给你听听。我家祖上是在明末清初来到四川后定居成都的。祖奶奶叫顾明玉，出生于1895年4月，六岁的时候，就被父母送到成都平安桥教会学校读书。因为成都天主教会在白鹿修建了教堂和下书院，从那时起，他们每年的夏季都要到这里来居住一段时间，一边学习，一边享受这里的凉爽，了解这里的风土人情和历史文化。领报修院建成后，他们来这里的时间就更频繁了。"

顾小善停顿片刻后，继续向何小诚讲述着祖奶奶那段浪漫的故事。

8 / 那条流淌着血泪的母亲河

"随着年龄的增长,祖奶奶已经由一个楚楚动人的妙龄少女出落成风姿绰约的大姑娘了,因为一直没有遇上一位让她心仪的白马王子而仍旧待字闺中。

"酷暑难耐的季节,祖奶奶一家照例要从成都步行到白鹿。

"这天,他们经过近两天的长途跋涉,走到了通济天台山下的圆通寺。迈进庙门时,看到已经有很多人或坐或站,在里面歇脚了。

"休息一会儿后,又有一队人鱼贯而入。祖奶奶一看,原来是加拿大传教士伊莎白一家和他们的朋友,一抬双排滑竿上坐着四个小孩,其中一个是他们一岁多的女儿小伊莎白(也就是后来为中国革命和社会主义现代化建设、促进中外交流合作做出杰出贡献,并在年满104岁之际被授予中华人民共和国'友谊勋章'的伊莎白·柯鲁克)。这么多年来,他们在从成都到白鹿或是从白鹿回成都的路上,总会遇上几次的。而他们的父母无论是在道家的阳平观,还是在佛家的圆通寺,也会与当家人或者住持大师平心相处、相谈甚欢。在这里,'上善若水''慈悲为怀'和'博爱温良'都融为他们口中的'仁爱',成为共同探讨的话题。

"祖奶奶一家和他们是在教会医院相识的。她很有礼貌地用英语和他们打招呼,而她高挑的身材和优雅、知性的谈吐引发了伊莎白身后一位金发碧眼小伙的浓厚兴趣。

"通过伊莎白的介绍,祖奶奶知道了这位帅气的小伙是来自法国普罗旺斯医学世家马丹家族的阿尔芒·马丹。作为刚从法国到成都华西医科大学任教的老师和兼职医生,他是作为大家的随队医生一同前往白鹿的。他的奔放、英俊同样吸引着祖奶奶羞涩含情的目光。

"寺中小憩后,他们便结伴而行,继续向白鹿走去。

"顺着山足拐过一道弯,阿尔芒·马丹就被白鹿河边一个高大的风车吸引。他顿时兴奋得像个小孩,高声呼叫着,并一把拉起祖奶奶的手,风似的跑了过去。

"突然被一位刚认识的小伙拉着手,祖奶奶心脏狂跳、两腮发红,任由他握住自己的小手,直至那温暖的热流通过手掌传向体内,感到一阵春心的萌动。她不再拒绝异性的触碰,甚至存着丝丝暗喜:难道他就是自己一直等待的白马王子?

"阿尔芒·马丹跑到近处一看才发现风车下面还躺着一排长长的筒车,不停转动的风车触发着筒车来回运转,将一个个大大的竹筒自下放入河里装满河水,顺着筒车徐徐爬上四五十米高的山坡,再将满筒河水倒入山坡上的沟渠,灌溉着上面几百亩庄稼。如此周而复始,生生不息,润泽四邻。这个场景让他看得目瞪口呆,感慨和自己在其他地方看到的风车竟然有着天壤之别,而且这里的风车作用更大,建造工艺更是鬼斧神工,让人叹为观止。

"祖奶奶指着白鹿河以及下游汇合的湔江、周围的群山，声情并茂地用法语为阿尔芒·马丹讲解中国古人的智慧。告诉他这里之所以呈现'世平道治、民物阜康'的繁盛景象，都和西汉'文景之治'时期担任蜀郡守的文翁治理湔水有关。这位郡守不仅在成都用石头建造了中国第一所公立学校——蜀郡郡学（也就是现在石室中学的前身'文翁石室'），大力发展文化，还注重水利建设，在体察民情中得知天彭门上涝下旱，沿河两岸粮食绝收，百姓生活苦不堪言，皆因丹景山下皂角岩垮塌，岩石阻断河床所致。于是，他上书朝廷，对湔江进行治理。不到两年，就开挖九条河渠，打通皂角岩，将湔江之水分流到下游各州县，从此风调雨顺，百姓安居乐业。后来，这里的百姓为了纪念他的功德，就在皂角岩侧修建了'文翁祠'和'文翁塔'，还在白鹿河岸建起'思文场'……

"阿尔芒·马丹一直沉醉于祖奶奶即兴的讲解中。她的一举一动，都是那样优雅；她的一颦一笑，也都是那样迷人。他再也无法压抑自己内心的冲动，勇敢地伸出双臂，将她紧紧抱住，忘情地拥吻起来。落日余晖，风车河流，醉人的景色，浪漫的情调，一切都是那么精致、完美，如一幅动人心魄的油画。

"接下来的一段时间里，两人一起去教堂书院，一起爬白鹿顶撒欢，一起钻溶洞搞野炊。白鹿的山间树林，回荡着他们纵情爽朗的笑声；白鹿的峻峰碧水，见证着他们的山盟海誓。祖奶奶偶染风寒，阿尔芒·马丹用他精湛的医术挽回她青春的生命。

"然而，快乐、欢聚的时光总是很短暂。为了重振法军在一战中'索姆河战役'惨败后的士气，法国政府号召各地青年回国参军。阿尔芒·马丹决定听从祖国召唤，做一名战地医生。

"诀别之夜，两人泪洒衣襟，情不自禁地用最原始的冲动诠释着彼此之间的爱恋。

"离别之后，祖奶奶按照两人的约定，每年的'七夕'都要从成都来到白鹿，手里紧紧攥着阿尔芒·马丹留给她的那枚背面刻有'M·D'字母的银色十字架，站在高高的白鹿顶上，等候着他的归来。

"1917年底我爷爷顾远航出生后，她就带着他一起在山顶等候，并告诉他父亲是名船员，常年远航在外，居无定所，而且生命无法得到保障，也没有办法得到讯息，唯有等待。所以给他取名'远航'，而他的长相像极了母亲，便也随了母姓。后来，祖奶奶父母因为参加早期革命而英勇献身，她便和儿子相依为命，过着清苦的日子，直到新中国成立后，才为儿子娶上媳妇。

"而她这一等待，直到六十年后才放弃。祖奶奶对爱坚守唯一、对情忠贞不渝。虽然她不再去山顶守候，但仍以执着的信念在内心默默祈祷，期待那个大胆、奔放，有着一双深邃眼眸、一副强健体魄的金发身影突然出现在自己眼前。但是这样的场景却一直没有发生……这些都是我祖奶奶藏于内心的秘密，就连我爷爷她都没有告知详情，所以我父母就更不知道了。"

"这真是一段伟大、无私的爱情啊。"何小诚听完顾小善讲述的故事，心中也对她祖奶奶肃然起敬，"你知道吗？祖奶奶站着的白鹿顶，曾经发生过许多让人怀念的故事。其中一个凄美的传说，发生在两千多年前，不知道你祖奶奶晓得不？日记本上是否有记载？"

"这个我倒没有看到，可能是她不了解或者没有记载吧。"顾小善将头往何小诚肩膀靠了靠，握住他的手说道，"那你给我讲讲吧。"

何小诚很自然地伸出手,拥住顾小善的头,一边梳理着她的秀发,一边讲述着。

"其实,以前的白鹿顶并没有那么高,白鹿河水也没有那么多。大约两千四百年前,当古蜀国蜀王传位至第十二任君主芦子霸王时,中国正处于战国时期。而大秦帝国自秦孝公重用商鞅变法之后,国力和军事实力与日俱增,一跃成为战国第一强国,渐露一统中国的野心。据《战国策·秦策一》和《华阳国志·蜀志》记载,秦惠文王在位时,听从大将司马错'得其地足以广国、取其财足以富民缮兵''得蜀则得楚,楚亡则天下并矣'的建议,于公元前316年灭掉了蜀国,为秦统一六国奠定了基础。

"蜀王为保江山社稷,下令举国征兵。当时白鹿的所有成年男丁皆被充军,只剩下老弱妇孺。他们每天都站在白鹿顶上眺望远方,期盼亲人早日归来。一天两天,一月两月,他们望穿了秋水,却始终不见亲人的踪影。或许是他们的遭遇,让山间鬼神也为之动容,便施展法力让山渐渐上升,越来越高,好让大家站得更高,看得更远。于是,这白鹿顶就成现在的样子。

"漫长的等待一直持续到大年三十。这天,他们看见远方出现了晃动的身影。慢慢地,看清了是一辆人拉的战车,没有马匹。一个人,拉着一辆战车,很吃力地向白鹿顶方向走来。

"他们激动了,兴奋了,欢呼着冲下山去。盼星星,盼月亮,今天终于盼来一个人,一个从外面走来的男丁。他们急切地要从他口中打听自己亲人的下落。

"他们跑到山脚,那辆战车也到了山脚。男丁是一名蜀军士兵,衣着破旧,头发凌乱,口唇干裂。最后一段路程,他们清楚地看到,他竟然是跪在雪地上,尽管双膝磨破,仍一步一步向前艰难地挪动着,雪地之上留下了一串血迹。他看见他们,用手指了指战车,来不及张口说上一句,便直挺挺倒了下去,慢慢闭上双眼。

"拉开门帘,只见战车上躺着一人是蜀相,已奄奄一息;坐着一人是蜀国太子,怀中抱着一个用马皮缝制的大口袋。他看了看大家,指了指手中的口袋、倒地的士兵、躺着的蜀相和自己,最后指着白鹿顶,说了一句'父王被秦军杀害,我把将士们……都带回来……了,一起安葬在……上面,我要看着我的……蜀地蜀民',便与蜀相同时气绝身亡(《华阳国志》记载:"蜀王其相、傅及太子退至逢乡,死于白鹿山")。

"他们打开口袋,看见里面装满了头发,一绺一绺的,有些还沾着丝丝血迹,便知道那是从蜀军将士头上割下来的。由于山路崎岖、路途遥远,他们无法带回将士们的尸体,只能在每一位将士的头上割下一绺头发带回故土,给他们的亲人一个交代。

"附近的老弱妇孺全部赶到白鹿山,在山顶挖了一个大大的坑,将蜀相、太子和将士们的头发埋在了一起。看着一点点垒砌的土堆,他们一齐悲恸地呼喊,苍穹间大片雪花飘飞。

"大地无色,日月无辉,苍天落泪,雁鸟悲鸣。高高的白鹿顶,传出阵阵让人肝肠寸断的哀号,左右远处的丹景山、天台山山顶上空,出现长长刺眼的闪电,一声声惊雷响彻天空,震耳欲聋。一场大雨伴随他们悲痛欲绝的眼泪和胸腔内喷出的一股股血水倾盆而下,源源不断地注入白鹿河中。

"汹涌的河水在天台山下与湔江汇合后,莫名地在丹景山足的河岸内迂回了三圈,然后再冲出彭门,一路向东。

"在流经三星堆时，河流突然变缓，如神助般地回旋了三次，然后才滔滔东流，汇入沱江、长江，带走了古蜀国曾经的故事与辉煌。

"因此，后人将白鹿河称为'泪血河'。"

"哎！"听完何小诚的故事，顾小善也动情地叹息一声，为古蜀国曾经的璀璨历史而喟叹，也为古蜀国人民后来的不幸而痛惜。

何小诚和顾小善就这样交流着，每一个话题似乎都能引发对方的共鸣，走进对方的心扉。难熬的黑暗时光，也在心有灵犀的话语中慢慢流逝。

此刻，两人的遭遇却牵挂着许多人的心弦。

地震第三天，偌大的彭州市行政中心广场布满了各色的帐篷。中间一个最大的军用帐篷，便是全市抗震救灾指挥部指挥中心。

一大早，《天府商报》特刊部廖主任带着一位英俊帅气的法国留学生便赶赴这里，向李副指挥长详细叙述着本报一名实习记者在白鹿采访时遇到地震，现在仍下落不明的情况。

原来，廖主任也是昨天晚上值班时，因为白鹿恢复通信后才联系到顾爸爸，得知实习生顾小善的遭遇，恰巧当时有一名叫德尼·马丹的法国留学生到报社要找顾小善，便带着他一同来到彭州。

"顾小善是我的大学同学，我很喜欢她，我要找到她，向她表示我的爱意。"一旁的德尼·马丹也焦急地用不太流利的中文说道，"我不能再等了。"

李副指挥长听完介绍后，马上叫来在现场值守的侨外办王主任，安排相关事项。王主任火速派出一名精通英语和法语的年轻女翻译小刘，陪同他们即刻启程前往白鹿，同时电话指示白鹿方面做好接待。

车子行驶至思文场时，几辆吊车、铲车正在紧张工作着，救援队伍一刻不停地搬运着瓦砾、废墟，想要尽快疏通前往白鹿的道路，因为那里的救援工作还在等待吊车、铲车的支援。

他们只好弃车步行。刚穿越过思文场街道，便遇上白鹿政府派出的人，开车过来接他们。

"目前，地面人工搜救工作已经完成，还没有发现顾小善的踪迹。我们镇里还有两名失踪人员没有找到。"当他们赶到白鹿镇抗震救灾指挥部时，高书记马上介绍了白鹿镇的抗震救灾情况，"现在，市里已经向上级申请到一台世界上最先进的生命探测仪，仪器到达后，我们将组织力量进行地下搜救，争取全部找到他们。"

随后，高书记还将他们带进隔壁一个帐篷，与顾爸爸和顾妈妈见了面。

廖主任依次和他们握手，尽量说些宽慰的话语。

"叔叔、阿姨好！"德尼·马丹真诚地向他们鞠上一躬。

顾爸爸和顾妈妈诧异地看了一眼德尼·马丹后，又将目光同时转向廖主任。

"是这样的，他是一名法国留学生，说是小善的同学。昨晚在报社找到我，想知道小善的下落。"廖主任连忙解释道，"他说他很喜欢小善，还在追求她呢，所以就带着他到这里了。"

"这……"还在悲恸中的两人对视着，摇了摇头。

顾爸爸和顾妈妈都了解小善的性情，女儿有什么事情都会给父母讲的，尤其是人生大事，肯定会先告诉他们。现在女儿下落不明，他们心力交瘁，顾妈妈更是伤心欲绝。为人父、为人母,何尝不希望自己的女儿有段浪漫的爱情,有个美好的回忆,未来有个疼她爱她的人守护一生,白头偕老。面对这个突然冒出来的法国小伙,两人还是波澜不惊,顾妈妈甚至是无力相谈,被一个村妇扶持着,在一张钢丝床上躺了下去。

"我说,小伙,你叫德尼·马丹对吧?"坚强的顾爸爸强忍内心的悲伤,对这位勇敢俊朗的法国小伙投过去一丝温暖的目光,"我的女儿很平凡,她哪方面能吸引你的关注?你确信自己喜欢、甚至会爱上一位异国女孩?"

或许,他从德尼·马丹的身上看到了自己年轻时的影子,如果当初自己不勇敢、不坚持,那就娶不到小善她妈做老婆。

"叔叔,我确信。从在图书馆看到她的第一眼起,我就发现自己喜欢上了她。"德尼·马丹马上信誓旦旦地说道,"她认真看书的样子让我着迷,让我心动,她就是我的天使。这两天不知道她的消息,我心好乱。我要找到她,向她表达我爱她。"

对于德尼·马丹偶然间冒出来的法语,小刘都在第一时间翻译给了顾爸爸听。

"孩子,我也是男人,我也年轻过,最理解你此刻的心情。"顾爸爸拍着他的肩膀,语重心长地说道,"但这只是你一厢情愿的想法,你确信我女儿也会喜欢你、爱上你吗?"

"我会找到她,向她表白。我的心,天地可鉴。"

"中国有句古语叫'心急吃不了热豆腐',况且她现在还不知所终,等我们找到她再说吧。"

同样,对于德尼·马丹难以理解的中国民间俗语,小刘也尽量找到贴切的语句翻译给他听。

"你们国家也有一句'好事多磨'的成语,我会一直等她的。"

面对德尼·马丹的倔强,顾爸爸只得摆摆手,苦笑一声。

所有人都在等待生命探测仪的到来,等待一辆辆吊车、铲车前来开启新一轮救援。

离他们不远处的废墟下,生命与时间的抗争还在延续。

9 / 那场刻骨铭心的壮美爱情

"你说，我们真能被安全救出吗？"随着时间的流逝，又有一丝愁云绕上顾小善的心头。她蜷缩着身体，将头完全靠在何小诚的胸前。正是在这黑暗之中，她才慢慢抛开了一个女生固有的矜持与羞涩，并在他温情的关爱下，渐渐变得大方、大胆起来，而无须理会自己的脸红和对方的尴尬。

通过三天的接触，顾小善已经完全信任这个只比自己大两岁的男孩。他遇事冷静、处事果断，都让她感到这是一位有担当的男人。而对自己的体恤和照顾，更让她感到温暖。

此刻，她不自觉地躺在何小诚宽厚而有温度的胸前，感觉到的是温馨与安全。他那心跳的节奏，已经成为她此刻心中最美、最动听的音符。她听着它的声音慢慢入睡，醒来时又感受着它的跳动徐徐睁开双眼，甚至觉得这就是自己憧憬中的幸福。

"坚持，坚持就是胜利。"何小诚仍旧鼓励着她，"我们必须坚持到最后一刻。"

对于顾小善的表现，何小诚只能把这看作是小妹妹的任性。一位让人心动的美女，一位来自省会大都市的实习记者，也只有在远处仰望了。只是在这特殊的境况下，他必须担负起一个男人的重责，照顾好她，让她能安全地回到父母身边。

"你再吃点东西、喝点水吧。"何小诚轻轻拍了拍顾小善的头，"也许外面的人很快就来救我们了。"

"你也吃点吧，我这里还有几块巧克力、几块饼干和小面包。"顾小善恋恋不舍地抬起头，从背包里拿出仅剩的食品和一瓶矿泉水，"我知道你是想让我多吃一点、多喝一点，所以每次都吃垃圾桶里捡来的东西。喝水也是假装一大口一大口地喝，但是放下瓶子的时候又吐回瓶里去了，下次喝水时还是那样做。"

"这你也知道？"

"这废墟之下，安静得掉根针都能听见。大口喝水都会发出声响的，我却什么都没听见。你每次都喝那么一点点水，只能润一下嘴唇和咽喉，能坚持下去吗？"

"谁让我是男子汉呢。"

"男子汉，男子汉。你知道吗？你做了那么多的事，能量消耗大，责任更大，不多吃一点、多喝一点，能保护我到最后一刻吗？"

"你放心，我能坚持的。"

"不行。这次我要你把这几块饼干全吃了，把你剩下的那点水也喝完。"说完，顾小善便拿出六块饼干，告诉何小诚是八个，然后一个个强行塞进他嘴里，"我们就一人吃四个吧。吃完后，就只剩下两块小面包、三块巧克力、一瓶水了，看来还可以坚持一两天的。"顾小善监督他将留在瓶里的水喝完，而自己只吃了两块饼干、喝了一小口水。

午间，吃了一桶方便面的何小颖在喝矿泉水时，冷不丁被水呛了一下。

"看你急的，也不注意一下，喝个水都被呛。"何妈妈急在心里，连忙让她伏在病床上，敲打着她的后背，"倒是你哥，到现在都还没个音信，也不知怎样了？或者被埋在了哪里？恐怕现在连口水都喝不上吧。"

说罢，母女俩就是一阵眼红，泪水便滚落而下。

"妈妈，我想回家一趟，看不见哥哥，我的心始终放不下。"

"小颖啊，妈妈何尝不是这样想的，这几天都是吃不好睡不好的。他可是妈妈身上掉下的一块肉啊！你爸去得早，你哥他……我对不起你爸啊！只是我这条腿，就是走遍白鹿的旮旮旯旯，我都要找到他。"何妈妈痛心疾首地捶打着自己的双腿。

"妈妈，你别伤心了，我回去看看情况，顺便带点换洗衣服来。"

何小颖拜托临床的大娘照看一下自己的妈妈，搭乘公车到达思文场，然后一边步行、一边沿途招呼着摩的，回到塘坝村时已经中午了。

看见自家裂缝的主屋和垮塌的厨房，还有那只伴随全家多年的阿黄，正躺在门前，眼巴巴（"可怜"的意思）地瞧着自己，那条尾巴也是有气无力地摇着。

她的鼻子一酸，估计阿黄也是几天没有进食了。平时回来，还在很远的地方，阿黄就会嗅到她的气息，然后跑到村口迎接她。

"小颖回来了。"不远处的赵伯看见何小颖，马上过来招呼，"家里刚煮好饭，到我家吃点吧。我们都是搭了简易帐篷的,你回家看看,拿点东西后就赶快过来吧。这余震也不定何时就有了。"

"赵伯,有我哥的消息吗?"何小颖收拾好几套衣服,又把妈妈放在箱底的一点钱全部拿了出来,带着阿黄到了赵伯家。赵婶已经给她盛好了饭。

"还是没有消息,镇上也在全力搜救。"赵伯轻言劝着小颖,"来,先进来吃饭吧,吃完饭我陪你去镇上看看。"

何小颖端起饭碗,给脚旁的阿黄拨了一半的饭,又将一块肉骨头丢了过去。轮到自己吃饭时,那不断滚落的眼泪和着饭菜,一起吞进了肚里。

"你说,我们会不会……"躺在何小诚胸前休息一会儿的顾小善突然醒来,抱紧了他,"我又梦见爸妈了,他们哭得好伤心。"

"遇到这么大的灾难,几天不知儿女的消息,做父母的肯定是最难过的。刚才,我也梦见妹妹了。"何小诚也用力拥住她,给她勇气,"你想想,我们现在是两个人,还能互相鼓励,说说话。如果只有一个人被埋在这里,没有水,没有吃的,陪伴他的只有漫长的黑暗和身心的煎熬,他会不会早就丧失了信心,放弃等待?"

"有你在身边,我早就没有了恐惧。现在已经这样了,那我们只有乐观地等待,直到最后一刻。遗憾的是,我才二十二岁,你也只有二十四岁。哎,只叹时光太短暂,现在才发现一生之中自己还有那么多事来不及去做。"

"我最遗憾的就是放弃了四年的大学时光,送妹妹去四川农业大学报到时,还特意去图书馆、阶梯教室看了看,感受那种氛围。"

"四川大学图书馆不错的，藏书西南第一，周围的景色也好。有机会我一定带你去看遍那里的存书，说不定还能找到你想搜集的资料。"

"真羡慕你，能在那里度过四年美好的校园生活，找到自己想要的工作。"

"你也不错啊，虽然生活在深山，但是这里风景秀丽，犹如世外桃源，而且你还有自己的理想。而我……"顾小善莫名地叹息了一声，"你知道，我最大的遗憾是什么吗？"

"猜不着，能告诉我吗？"

"那就是没有在人生最美好的时光，谈一场轰轰烈烈的恋爱，留下一段刻骨铭心的爱情。"

"父母管严了吧？还是……"

"爸爸妈妈对我如何处理个人的事还是挺开明的，甚至是持鼓励的态度。但是我一直没有遇上那个心动的人。"

"窈窕淑女，可能是你要求太高。"

"我可没有固定的标准，只是盼望有一天，那个心仪的男生闯进我的生活。他有一双宽厚的手，牵着我在成都的街头巷尾寻找美食，或者在宽窄巷子喝茶聊天，在文殊院晒太阳发呆；可以在灯光璀璨的春熙路天桥激情拥吻，成为都市最亮丽的夜景；有一副有力的臂膀和雄健的胸膛让我有所依靠，安全入睡；还有祖爷爷的家乡，浪漫的普罗旺斯，一边吹拂着柔润的地中海海风，一边荡漾在开满薰衣草的花海，沉浸在紫颐香薰的梦境……"

"放心，我们很快会出去的。所有这些，你也一定会如愿以偿的。"

"但是现在，我要告诉你的是，我已经找到了这份爱情，就怕等不及。"顾小善突然坚定地说道，"我相信自己的眼光，他会守护我一生！"言毕，她便紧紧拥住何小诚，用自己的炽热封住他的嘴唇。

何小诚一阵错愕，不明白这剧情竟然这样反转，自己成了她要找的人。

确切地说，当他第一眼看到顾小善时，内心便有一种冲动，萌发了对爱情的向往，但理智告诉他这是不可能的。双方的差距，让他很自然地生出一种遥不可及的自卑。虽然如此，在她遭遇险情时，他还是以一个男人的胸怀担当起保护她的重责，甚至不惜付出自己的生命。

面对用生命守护自己的何小诚，顾小善的爱情心弦最终被触动。在她激情四射的拥吻下，何小诚也彻底放弃内心的自卑，以更加饱满的热情和力度回应着她。

"对不起，我爱上你了，我已不能自拔，请允许我放纵一次。"长时间的拥吻后，顾小善仰起头，对他说道，"危急关头，你救了我。我怕我们都出不去，在这人生的最后时刻，我要将你融入我的生命，永远记住你，不留任何遗憾。"漆黑的废墟下，顾小善将双手放置在何小诚的头顶，然后缓缓向下。他的寸头，他刀削般的脸庞、宽阔的双肩和发达的胸肌，都在她手指的感应下，存储她的脑海。

面临生命的最后时刻，两人依旧对人生充满渴望，将身心交给彼此，实现人性的完美追求。

……

"能在这里遇上你，是我此生的幸运，至少，我可以死而无憾了。"良久过后，顾小善醒来，双手抚摸着何小诚的脸颊，眼里带着母性的笑意说道。

"此生有你，夫复何求？"何小诚再次将她拥住，紧紧贴在怀里。

不知又过去了多久。

两人吃完最后一点食品，喝完最后一滴水，无比平静地靠着石壁，闭上双眼等待救援。

"我们的事，必须得有个交代。"顾小善突然想起了要交代后事，对何小诚说道，"如果我们两个都能安全出去，那是最好的结果。就算是有一个能活着，那都是上天的安排。假如，我是说假如我们都永远地留在这里，以后被找到遗体，如何安葬？反正我认定你了，此生一定要和你在一起。这件事，我要给爸妈说清楚。我们这几天的经历，我也要将它记录下来，要让大家知道，我在这里疯狂地爱过，爱过你这样一个男人。我要让我俩的生死之恋告白天下，永留世间。"

生命有限，爱情不死。顾小善从背包里拿出采访本，沉思一会儿后，从最后一页开始，艰难地摸索着，一笔一画地慢慢写道：

遗书

爸爸、妈妈，永别了！

我和何小诚是在白鹿认识的，是他在关键时刻舍命救了我，让我多活了几天，才有机会写下这份遗书。

在受困的日子里，是他安慰我、照顾我，陪伴度过生命中最难熬的时间。我们生死相随、真情相爱，最后以仅存的勇气和力量实现人性的升华，追求完美人生，女儿死而无憾。

花有叶，树有泥；

油尽灯灭，缘断情绝；

生死皆相随，但留爱永存。

如果我们两个都不在这个世上了，你们一定要把我俩安葬在何小诚的老家。谢谢爸爸妈妈！

请原谅女儿的不孝，让你们白发人送黑发人。

来生，我还做你们的女儿，再好好报答你们！

女儿　顾小善
2008年5月绝笔

由于连续几天被埋在漆黑一片的废墟里，顾小善已经不知道此刻是什么日子。她边写边流泪，等到写完最后一个字，已是泪流满面了。

顾小善合上采访本，放进背包，还想从背包里找出一点吃的，却什么都没有了。她忘记两人已经吃完了所有食品。

"我这里还有一块巧克力。"何小诚从自己口袋里掏出巧克力塞到她的手里，"吃了它，我们一起等待。"

"你……"顾小善怎么也没想到，何小诚私自藏下一块巧克力，在关键时刻留给自己。

她生气地拿过巧克力，剥去包装后塞进何小诚嘴里。

两人将背包放在脑后当作枕头，然后紧紧抱在一起，沉沉睡去。

天空飘起细雨，山风吹来一阵寒意。

何小颖和赵伯吃完饭后，就赶着往镇里走。阿黄不紧不慢地在后面跟着。何小颖要撵它走，可是它往回走了几步后，又跑着跟了上来，如此反复了几次。

"算了，就让它跟着吧，一会儿我带它回来。"赵伯劝道。

两人刚刚走到抗震救灾指挥部,身后的阿黄就突然跳上旁边的山坡上,向着街村那边"汪汪"叫了起来。

随后,它冲下山坡,跑到何小颖的身旁,咬着她的裤脚往街上拉。

"这阿黄,嗅觉灵敏,该不是它知道哥哥在哪吧?"

于是,何小颖和赵伯还来不及走进指挥部问询情况,就被阿黄拉着向街村跑去。

走了一段路后,阿黄放开何小颖,竟撒开四脚,向前狂奔。

它迅速跑到清河街那堆最高的废墟上,冲着下面不停地狂吠起来。

等到何小颖和赵伯气喘吁吁跑来一看,便明白了其中缘由。

"赵伯,是哥哥,阿黄找到我哥哥了!"何小颖激动地拉着赵伯的手喊道,"他肯定就被埋在下面。"

何小颖连忙掏出电话,打给了朱小辛:"小辛哥,找到我哥了,他被埋在你家铺子不远的地方。"

"小颖,是真的吗?真的找到你哥了?难怪那天我经过那里时,心口莫名地疼一下,原来他果真被埋在那里。"听到何小颖找到哥哥的消息,朱小辛顿时兴奋起来,"小颖,你们在那里等着。刚才部队用直升机送来一部生命探测仪,我会马上派人过去的。如果确定下面有人,即刻组织救援。"

很快,部队的救援人员分别在樵人街、清河街发现两处还有生命特征存在的废墟。几辆吊车和铲车也在一旁随时候命。

"老天啊,你终于睁眼了!"当何小颖、赵伯、朱小辛、顾爸爸、顾妈妈、德尼·马丹以及赶来参加救援的群众得知这一消息时，全都流下了兴奋的热泪。顾妈妈甚至激动得晕厥过去，一旁的医护人员抢救了许久，她才慢慢缓过气来。

经过几个小时的紧张救援，两处被废墟深埋的人员救出后都已昏迷不醒，被救护车火速送往华西医院进行观察治疗。最后被抢救出来的何小诚和顾小善，被废墟掩埋的时间长达八十九个小时。

10 / 蝶变重生的中法风情小镇更美

"小善,你在哪里?"一个月后,何小诚康复出院了,废墟下顾小善告诉他的电话号码早已刻在他的脑际,"我想去看看你。"

"啊,小诚,你身体咋样?完全康复了吗?"听到何小诚的声音,顾小善激动之余又忐忑不安,看了眼身边的父母,两腮泛起红晕,"报社让我转到八一康复医院再疗养一段时间,爸爸妈妈在照顾我呢。"

"我已经完全康复了,妹妹今天来接我出院。那你保重,我就回家了,有机会再来看你。"

"嗯,你也保重。拜拜。"顾小善放下电话,脸上的羞涩之色仍未散去,诚惶诚恐地望着父母。虽然她在醒来的第一时间看见背包就在枕边,但还是担心父母已经发现了自己的秘密。

"小善,你长大了。"顾爸爸轻轻拍着女儿的肩膀,语重心长地说道,"从小,爸妈就不干涉你的隐私。这场浩劫,你大难不死,很幸运,但是我们很想了解你曾经经历了什么,然后帮助你。你是我们的女儿,无论你做什么,我们都会尊重你的选择。"

"小善，你好好休息，我和你爸出去转一圈。"顾妈妈拉着顾爸爸走出病室，留点时间给女儿思考，免得陷入尴尬境界。

看到父母出去后，顾小善连忙拉起被盖，遮住自己的一张大红脸。

在全国各地的支持下，四川灾后重建声势浩大地开展起来，由福建省厦门市援建彭州白鹿的工作也在有条不紊地进行。计划在三年之内，将满目疮痍、一片废墟的白鹿打造成为一个群众喜爱的全新小镇。国家文物局也决定将在地震中几乎全部损毁的"上书院"按照文物修复方式重新建造，重现原貌。

按照全镇规划，白鹿将围绕地标"上书院"重新修复，借鉴闻名世界的法国南部普罗旺斯浪漫小镇的优势特征，采取回旋式建筑风格，确定家家户户都有铺面和住房，将场镇打造成为具有浪漫氛围的中法风情小镇，并积极引导居民们走出地震阴霾，重塑生活信心，在未来的旅游业态上做文章，为全镇旅游产业发展出力，创造自己的幸福生活。

仅仅两个月后，何小诚一家就住进了村上统一搭建的活动板房内，白鹿场镇也在几个安全地带为全镇居民搭建了临时板房。

为了支持全镇灾后重建工作的顺利进行，在公开、公平、公正的动员大会上，朱小辛一家主动放弃自家店铺的黄金位置，第一个在统一拆迁规划、集中安置居住合同书上签了字。他和在镇里有住房的几位干部还当众表态：如果有谁对抓阄结果不满意，都可以和自己调换。有了他们的率先垂范，街道居民们当即全都表了态、签了字。

何小诚也在塘坝村灾后重建、集中安置居住意见书上写上自己的名字。

　　灾后重建不仅仅是灾区的房屋建造，也是灾区产业的恢复发展，更是受灾群众生活信念的重建。

　　有了国家的关心和各地的援助，受灾群众的生活基本无忧。何小诚回到塘坝村后，在朱小辛的推荐下，临时担任了村主任助理，重点协助村支书、村主任做好灾后重建工作。

　　何小诚了解自己的家乡，正如了解自己一样。这里地势地貌就是山区和林地，白鹿镇是彭州市最早种植洋芋（马铃薯）的地区，因为白鹿洋芋淀粉含量高，具有很高的食用价值，深受省内外消费者的喜爱，而塘坝村早已成为四川省洋芋种子基地。除此之外，因其独特的地理条件和传统的种植方式，这里的萝卜、黄瓜、无筋豆、红苕等也成为品质优良的无公害蔬菜。山上还盛产蕨苔、椿芽、雪芽菜、竹笋等珍贵野菜，更适合珍贵中药材黄连的大规模种植，也是村民的主要经济收入来源。

　　在全村产业协调发展研讨会上，何小诚就塘坝村经济发展前景谈了自己的看法，并受到参会各方的肯定。很快，村委会和镇党委政府联合出台文件，鼓励全村村民建立农业合作社，整合全村资源，走规模化、精细化、品牌化道路，尽快重建家园，恢复产业发展，实现共同富裕。

　　驻村帮社联系单位成都市工商行政管理系统不仅为村里联系资金，还注册了"白鹿顶""塘坝子"等商标进行赠送，并利用"天下工商是一家"的优势，帮助村上的农副产品进入了全国各地市场。良好的销路让全村人看到了致富的希望。

　　顾小善出院后，正式被报社录用，成为特刊部记者。因为那场特殊的遭遇，她和何小诚命运相连。何小诚的一

举一动，无不让她牵挂。忙碌之余，她更关注媒体，从各种媒体上搜寻白鹿镇灾后重建的消息，查找塘坝村产业振兴的报道。得知村民慢慢走出地震阴霾，重树生活信心，村上的农副产品逐渐进入各地超市，走上品牌化经营道路，她也是暗自欣喜。只是一想到那段刻骨铭心的经历，自己绝望之前的那种疯狂举动，便会面露羞涩，两腮发热，但她从不后悔这样的选择。

每当夜深人静的时候，忙碌一天的何小诚躺在床上，拿出当天的《天府商报》细细观看。除了重大的新闻，更主要的是在特刊上找寻顾小善的文章，从她的文字里追寻她的踪迹，感受她的真情流露。看着看着，那一个个文字就变成她甜甜的笑脸，浮现在自己眼前。他曾经想用疯狂的工作忘记这段经历，但是她的音容笑貌却始终如影随形，挥之不去。他知道这是自己用情至深，已经爱上她了，但是眼下自己能给她幸福、能给她想要的生活吗？在残酷的现实面前，他不得不将这份情感深埋心底。

有时，顾小善也会主动给何小诚打来电话，询问一下灾后重建的情况，要他在工作的同时也要照顾好自己。她知道何小诚不主动联系自己的原因，但她看好何小诚未来必有一番作为。有些情感方面的事，需要一定的时间慢慢磨合。

遇到没有采访任务的周末，顾小善都会抽上一天时间，提着礼品到白鹿镇塘坝村，看望何妈妈，和她拉拉家常。时间一长，何妈妈也能从中看出一点端倪，但是儿子怎样做，有什么想法，她也不能过多地说什么。

顾小善刚从废墟下抢救出来时已经昏迷了。在送到成都的医院后，德尼·马丹也和顾爸爸、顾妈妈一起跑前跑后，悉心照料着她。当她从爸爸口中得知德尼·马丹是在追求自己时，便当即回绝了他。

"德尼·马丹，我谢谢你的照看，但是我们只是校友、同学啊。"

"你是我的天使，我不会轻易放弃的。"德尼·马丹却信誓旦旦，"我会坚持到底的。"

"你不适合我，对于男朋友，我有自己的标准。"

"标准也会有改变的时候，只要你没有结婚，我就会一直等着你。"

顾小善正式到报社上班后，德尼·马丹有时也手捧玫瑰，在报社门口等着她，但是都被她以各种理由回绝。

地震一周年纪念日，白鹿镇政府郑重邀请曾经遭遇灾难的五对情侣重回上书院，一起举行一个隆重的启动仪式，为上书院的重新修缮大造声势，让各地群众见证这里曾经经历过的生死爱情，更要让他们尽情享受上书院修缮后带来的浪漫风姿。

闻讯赶来的顾小善，对已经结为夫妻的五对新人逐一进行采访，包括他们去年来这里拍摄婚纱照片时的浪漫喜悦心情，遭遇地震时的惊慌、恐惧以及劫后余生的庆幸等。在谈及对丈夫的看法时，五位妻子竟然异口同声，罕见地说出同样一句话："真男人，有担当。"

第二天，《天府商报》特刊部以整版篇幅推出顾小善的"5·12"汶川地震一周年特稿《面对大灾，情比金坚——大难让爱情之花更加绚丽》，将灾难降临时五位男人不顾生死，或背、或抱、或拥，保护自己心爱的女人不受伤害的场面写得淋漓尽致。尤其是文尾"希望憧憬美好爱情的姑娘，都能找到一位属于自己的男子"的语句，让人惊叹不已。

"哎。"何小诚看完报纸，一直盯着天花板冥思苦想。

"我有哪里做得不好？"德尼·马丹一边拿着报纸，

一边摇着头。

"女儿的心思,只有我们最懂。"顾爸爸、顾妈妈相视一笑,"他们合适吗?"

时光荏苒,岁月如梭。

一晃又是一年。深受地震重创的四川在全国人民的关心和援建单位的大力支持下,灾后重建工作取得重大胜利,基本提前一年实现了中央要求三年完成的重建任务。

高尖的屋顶,圆拱的门窗,乳白的立柱,各色的砖瓦,一座城堡式的风格小镇,也在一片废墟的白鹿镇突兀而起。

"这么漂亮的房子!"

"我们以后就住进这样的城堡里?"

"哈哈,这就是一座座小别墅啊!"

"哇,以后这里就是离成都最近的浪漫小镇啊!"

随着时间的流逝,地震带来的阴霾在坚强的灾区人民心里被渐渐驱散。各地的关心,灾后重建的速度,让他们很快恢复了自信,心情也开始变得乐观、爽朗起来,对未来的生活有着更美好的憧憬。

11 / 爱，让选择更从容

和顾小善的交往，让何小诚对各级党委政府的政策有着敏锐的直觉。他和朱小辛商量后，辞去了村主任助理的职务，来到镇上租下一套房子，设立了"成都市白鹿顶农业发展有限公司"，围绕本地新农村建设发展，专心致力于农产品的生产及销售服务。

因为在抗震救灾和灾后重建中的突出表现，此时的朱小辛受到各级表彰，还被彭州市破格提拔为白鹿镇副镇长，分管农村经济发展工作。而他的领导高书记也被提拔为成都市首批副市级镇党委书记，不久后调任彭州市政府党组成员。

何小颖通过省委组织部组织的考试，考上选调生。她放弃了留在市区机关的工作，选择回到了白鹿镇。

在塘坝村集中居住区，何小诚一家有了一套120平方米的住房。这天晚上，何小颖欢天喜地，做好饭菜，招呼着妈妈、哥哥吃饭。

"真是个傻丫头，放弃那么好的工作，硬要往山沟里面钻。"何小诚左手端起饭碗，右手用筷头敲打了一下何小颖的头，"别以为我们不知道你这脑壳里想些什么！"

"妈妈,你看哥哥,又敲我头。"何小颖当即向老妈告状,"你也不管管哥哥,从小就这样敲打我,打都把我打傻了。"

"我看不是哥哥打傻的,是你真的变傻了。"何妈妈一边吃着饭,一边乐哈哈地看着两兄妹斗嘴,甚至还为儿子帮腔,"你哥那么辛苦供你上大学,你就不替他想想,也不跟家里人商量商量,说回来就回来。"

"就是嘛,也就是我们从小惯着你,让你任性。"何小诚继续火上浇油。

"我是幺女,你们当然要让着我了。"

一家人就在这祥和、热烈的气氛中吃着饭、聊着天,舒畅地过着幸福的日子。

门铃响了一下。

"这个时候还有人来串门?"何小颖小声嘀咕着。

"妹妹,你去开一下门吧。"

"你怎么不去,肯定是村支书有事找你商量。"

"你真不去?"何小诚起身,再次对何小颖笑道,"那我过去看看,把他打发走算了。我敢肯定不是找我的,说不定会是某些人经常念叨着的小辛哥哥呢。"

何小颖突然从哥哥怪怪的笑意中明白了什么,猛地推开坐凳,一阵风似的跑去拉开房门。

"小辛哥,真是你?!"何小颖回头看了看哥哥,顿时知道是怎么回事了,一丝红晕当即就在脸上浮现。"肯定是哥哥将我回家的消息透露给他了。"

"小颖,我来看看何妈妈。"朱小辛进了门,将一包礼品放在客厅的茶几上,看到几个月不见的何小颖,似乎又漂亮了不少,竟然腼腆起来,"你毕业了吧?"

"嗯嗯,我回来了,准备明天就去镇政府报到呢。欢迎不？"

"求之不得，求之不得。只是屈才了，你应该有更好的选择啊！"

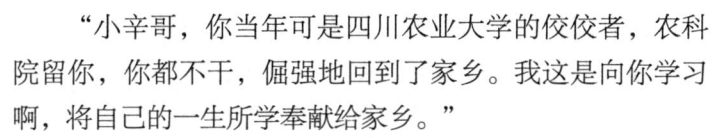

"小辛哥，你当年可是四川农业大学的佼佼者，农科院留你，你都不干，倔强地回到了家乡。我这是向你学习啊，将自己的一生所学奉献给家乡。"

"小颖，你和小辛慢慢谈哈，我让你哥扶我去小区花园走走。"何妈妈看见两人一见面就不停地说着，连忙向儿子使个眼色，何小诚便过来扶着妈妈向外走去。那次地震后，她的腰部和腿部都上了钢架、打了铆钉，走多了、坐久了便发酸、疼痛，每天都是儿子扶着她在小区或者附近转悠。

何小颖看到哥哥扶着妈妈出去并带上房门后，迅速跑到朱小辛跟前，一把抱住了他，说："我宣布，从此刻起，朱小辛不再是我的小辛哥哥了，他是我的男朋友。"

朱小辛被何小颖的大胆举动惊吓了，愣了好几秒才反应过来，这幸福来得实在是太突然了。

"那我也正式宣布，何小颖不是我的小妹了，从此以后，她就是我的小心肝。"朱小辛用力地将眼前的何小颖抱起。一直以来，自己所期待的不正是要将眼前的美人变成恋人吗？

何妈妈和何小诚何尝不知两人的心思。青梅竹马，知根知底，朱小辛拒绝所有亲朋、媒人的介绍，而何小颖对所有伸向眼前的橄榄枝也不屑一顾，为的就是现在心有灵犀的会面，一切苦苦的等待与坚守，不仅成为一生最美好的回忆，还会让这份纯真爱情光芒万丈。

何小颖报到后，被安排到镇经济发展办公室上班，负责农业经济工作，还兼任塘坝村村主任助理一职。

她和朱小辛一样，深深明白"务农重本，国之大纲"的道理，而且也为之勤奋耕耘。

在白鹿镇山间地头，总会经常发现两人带着相关的工作人员，向村民们讲解种养殖技术要领，宣传"三农"政策。慢慢地，村民们都把他们当成自己的亲人看待，心中有什么苦楚都会向他们述说，有什么难题，也向他们请教。他们的亲民爱民之举，让家乡的每一个角落，都吹拂着和美之风；每一寸土地，都呈现勃勃生机。

一天，朱小辛、何小颖带着两名农技员在村民张大爷家附近的田地里，给张大爷进行蔬菜种植技术指导，不知不觉就到了中午时分。

"朱镇长、小颖姑娘，你们今天说什么都要在我家把午饭吃了才能走哈！"张大爷硬要留他们吃饭，"我家老婆子已经把饭菜准备好了，你们今天一定要给我这个面子。"

面对张大爷的盛情邀请，朱小辛他们只得答应。

"多亏你们的指导，我这一亩多山地的土豆卖了八千多元，再把这莲花白种好了，今年又有上万元收入啊！"回家的路上，张大爷高兴地对他们说道，爽朗的话语透出自信与开心，"我们的日子是越来越好了，再过两年，山上的黄连就能收入几万块钱。这都要感谢你们啊，吃顿饭算啥子嘛。"

"娃娃在外面读书也辛苦，我们能多找点钱，他在学校也过得好。"张大爷夫妇和他们四人一边吃饭，一边拉家常，"家里好久没有这么热闹了，我们两口子开心啊！"

"张大爷，我们还要到其他村去，就谢谢你们了哈。"吃罢饭，朱小辛和张大爷夫妇热情告别时，向何小颖使了一个眼色。

何小颖会意地一笑，从包里掏出一张百元大钞，悄悄地放在饭桌上，并用一个碗压着。

当张大娘转身收拾碗筷，看见那张钱时，朱小辛他们已经开车离开了。

"哎，这帮干部啊，真是的，吃点饭都不让人省心。这钱你留着吧，改天我还要请他们来吃顿好的。"

何小诚的公司也在对白鹿镇的各种农业资源进行整合，并借助农业高科技优势，帮助每一户农户提高种养水平，不仅增加产量，还不断提升质量和内在价值，将地方土特产品不断推向市场。

随着白鹿中法风情小镇旅游产业的发展，越来越多的人开始关注白鹿。何小诚又结合地域优势，将白鹿白茶、板栗、薄壳核桃等土特产品开发成为旅游产品，通过网店和镇上经营户进行销售，让每一位白鹿人从中得到实惠。他每天经过白鹿街头时，只要看到游客和经营户脸上露出的微笑，就觉得自己的人生价值得到了最大的体现和升华。

在全镇脱贫攻坚表彰大会上，何小诚代表公司述说了自己的心声："公司的发展得益于我们有好的政策、好的环境，更得益于每一位家乡人的支持。我的生命，属于白鹿；我现在的一切，也属于白鹿人民。"

一个春光明媚的周末，顾小善开车带着父母到了白鹿。

何小诚早在岔道口等着了。看见顾小善的车到后，他马上迎了上去。

"伯父伯母，你们好！"他礼貌地和顾爸爸、顾妈妈打了个招呼，然后让顾小善坐到副驾位上，自己钻进了驾驶室。

一路盘山而上。何小诚熟练地驾着车，一面向顾爸爸、顾妈妈介绍着这条崭新的公路和沿途的美景，不一会儿，就到了塘坝子。

只见一条柏油路贯穿全村，一块块绿化地错落有致，一栋栋楼房排列整齐，花园式的新村小区秀美而宁静。

"真是个山清水秀的好地方啊！"顾爸爸、顾妈妈看着眼前的翠竹小院和远处的俊美山峰，不断用力呼吸着这里清新的空气。

两人环顾四周后，居然发现这里群峰环拱，犹如一个美丽的莲花瓣，缕缕柔和的山风迎面吹拂，带给他们一种极致的享受，让人沉醉其间。

谁也不曾料到震后的塘坝村变化会如此之大，谁也不会想到三年前这里曾是一片废墟。

何小颖搀扶着母亲，在村口迎接顾小善一家。

"欢迎，欢迎。欢迎你们到我们小山村来做客啊！"何妈妈看见顾小善一家人，老远就热情地打起招呼。

"何妈妈，你慢点。"顾小善连忙上前，和何小颖一左一右，一起挽着何妈妈，并向她介绍着自己的家人。

两家人一路都亲热地寒暄着，走进了何家宽敞明亮的客厅。阳台外面便是连绵起伏的青黛山峦，阵阵云雾正缭绕在山腰之间。

"何大姐，你们这里真是太美了。"顾妈妈站在阳台边，极目远眺。但见远山含黛，溪水淙淙，而房外也是树木葱郁，翠竹青青，顿时诗兴大发，"清溪浅水行舟，微雨竹窗夜话，暑至临溪濯足，雨后登楼看山，柳荫堤畔闲行，花坞樽前微笑。"

北宋苏东坡笔下的农家风情美景在塘坝村再现，让塘坝村人看到了振兴旅游发展经济的无限希望。顾爸爸、顾妈妈联想到刚才进村时看见村里人脸上露出的幸福微笑,就知道那是他们重拾了憧憬美好生活的坚强信心。

"小善妈妈,如果喜欢,就在这里住下吧。你要觉得不方便的话,可以在这里买一套房子啊。前几天还有村民卖了房子去城里住了。"

"真的吗?小善她爸,我们让何大姐帮忙留意一下哈,如果有合适的房子,我们就买下,以后每年夏季就到这里避暑度假。"

"家里你说了算。"顾爸爸品了一口清香的白鹿白茶答道。

"想不到,你爸还是个'妻管严'啊。"一旁的何小诚小声地对顾小善说着。

"那是我爸让着我妈。"顾小善甩了一个白眼给何小诚,"这就是爱,懂不懂?"

大家有说有笑,一会儿就到了午饭时间。

12 / 那片真情让人感动

一大碗土鸡烧土豆,一份凉拌鸡块,一份炒笋子,一份回锅肉,一碗萝卜汤,外加"鸡儿蕨""油麦菜""鹅脚板"等炒野菜,把一大桌人都吃得兴高采烈,菜足饭饱。

"何大姐,你这做菜的技术也太好了,我还从来没有吃过这么下饭的菜。"顾妈妈边吃边称赞,不一会儿就开始添饭,"真是不好意思,我在家里从不添饭呢。"

"这食材都是自己养的、自家种的,还有就是山上自长的,上不了台面。"何大姐听到顾妈妈的一席话,不好意思起来。

"就是,这手艺可以开个农家乐,不愁没有客人。"顾爸爸也由衷赞道,"小善她妈,下次我们约上几家朋友,就来这里品尝何大姐的农家菜,肯定要让他们赞不绝口。"

"他们几家人要是来这里一看,估计也要下手买套房。"顾妈妈拉着何大姐的手说道,"到时我们合伙开家农家乐,他们就是固定的客人。"

"哈哈哈,农家乐就算了吧。虽然我腿脚不方便,但是只要你们来,我就乐意给大家做顿农家菜品尝品尝。"

大家开心地吃完饭,小憩一会儿后,便由何小诚带着去参观村上的黄连、杜仲等中药材种植基地和五龙溶洞、天坑。

"一路上,大家一边欣赏美景,一边倾听着何小诚讲述五龙洞的故事。

"风景秀丽的塘坝子,不但有着四川'小桂林'的美誉,更是个卧龙藏宝的地方。

"很久以前,距离塘坝子不远的关沟口,出了个有名的孝子,大伙儿都喊他'德德'。他会种地砍柴,更会扯草药给周围的人治病。左邻右舍有个伤风感冒、头痛脑热的,吃了他扯的草药后,病很快就好了。所以,他称得上是关沟口的半个大夫。

"民间有句俗话叫'自己的端公治不了自己的神'。德德的父亲去世早,他和一个双目失明的老母亲相依为命。会扯草药、为乡亲看病治病的德德,就是治不好母亲的眼睛。一想到这件事,德德就十分烦恼。他常常想:要是我扯回来的草药能使母亲重见光明该有多好!因此,他不止一次梦见自己在山上到处寻找医治眼睛的草药。

"一日夜半时分,德德刚入睡不久,就梦见自己背起一个稀眼背篼,来到山上。他正在悬崖边寻找草药时,突然从树林里跑出来一头金光闪闪的鹿。

"德德经常来这里扯药,平时看到的都是些白鹿,今天咋会出现这么一头漂亮的金鹿呢?而且鹿后面还跟着一位仙风道骨的银须老人,步伐轻快、身影矫健。

"金鹿看到德德后,就马上跑过来,紧紧地依偎在他身边。

"德德于是上前一步,躬身问道:'请问老人家,这山里有没有治眼睛的草药呢?'

"银须老人将德德从上到下打量了一番,便捋着胡须

笑眯眯地说：'有，有啊！'

"德德忙问老人：'那种草药生长在哪里？'银须老人说：'那种草药大都生长在山洞里。'

"德德请求老人家带他到山洞里去寻找。银须老人说：'看在你是个孝子的分上，我就破例带你去山洞吧。'

"银须老人便让金鹿在前领路，带着德德到了塘坝子的一个山洞口。这头金鹿看来就是陪伴银须老人的宠物。

"于是，德德跟着银须老人进了一个溶洞，而那头引路的金鹿在他们进洞后就悄然不见了。

"银须老人带着德德进了山洞。让德德感到惊讶的是，没有点灯的洞内居然有柔和的光线。洞里除了石帘、石笋、石钟乳外，还有一股清澈的溪水流向洞口，但是并没有发现什么治眼病的草药。

"德德摇头叹息，感到有些失望。

"银须老人便劝道：'小伙子，别心急，那药就在这洞里，只是要在适合的时机才会出现。'说罢，他就带着德德走出溶洞。

"出了洞，银须老人对德德说道：'小伙子，你要永远记住，无论对人还是对动物都要说些奉承话，这样才会出现自己希望看到的东西。'

"德德说自己从来不会说奉承话。

"银须老人捋了捋胡须，笑道：'为了你的母亲能重见光明，这回你非说几句奉承话不可。小伙子，奉承话又不伤人，而且都愿意听，知道吗？'

"德德于是说道：'好吧，只要能找到医治母亲眼病的草药，我可以说句奉承话，甚至谎话我也敢说。'

"'不能说谎，你可千万别说谎话！'银须老人连忙制止他，然后将他带出树林。

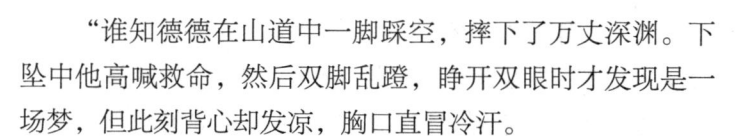

"谁知德德在山道中一脚踩空,摔下了万丈深渊。下坠中他高喊救命,然后双脚乱蹬,睁开双眼时才发现是一场梦,但此刻背心却发凉,胸口直冒冷汗。

"德德吓得没有了睡意。他坐在床上,把刚才的梦境仔细回忆了一遍,觉得这个梦十分蹊跷,有别于往常。于是吃过早饭后,他背起采药的稀眼背篼就朝塘坝子走去。

"盛夏季节,晴空万里,金灿灿的太阳就像一团火罩在身上,热得德德浑身湿透。因为找药心切,他来不及在树荫下乘下凉、歇口气,一刻不停地沿着岩边寻找山洞。在丛林中穿梭时,他的衣衫被荆棘划破,手臂上露出道道血痕。

"但是德德毫不介意,一心只想立刻找到梦中出现的那个溶洞。此刻,他相信那个洞里会有医治母亲眼病的草药。

"德德接连找到三个溶洞,都不是梦中见过的那个。眼见天色已晚,还一点眉目也没有。然而,就在他有所失望的时候,树林里突然冲出来一只老虎,冲着他发出阵阵咆哮声,他当即被吓晕了过去。

"当德德苏醒时,发现自己的身边却是一头温顺的白鹿,还不停地用一只脚轻轻地摇着自己。此刻,他不知道自己为何躺在这里,更不明了那只老虎为什么没有吃掉自己,对与白鹿的邂逅也不感兴趣。

"德德站起身来要走,而白鹿却在他的耳边叫了两声,转身就跑。

"德德顿时想明白了:这头白鹿绝不是无端出现,它耳语似的向自己唤了两声,是不是在向自己暗示着什么呢?于是,他索性追了上去,跟着白鹿一路跑。

"白鹿跑下黑土坎,进了情人谷,最后跑进一个德德似曾来过的洞里。进了溶洞后,那头白鹿就不见了。

"德德仔细看了看四周，发现这就是昨夜梦中的那个溶洞。此刻洞内尽管有些光亮，但他不敢贸然进去。

"于是，德德到洞口外拾起几根干透了的柏荚子，用棕叶子扎成一支简易的火把，然后打亮火镰点燃火把。

"德德支着火把走进溶洞，就看到洞内的景象跟昨夜的梦境完全一样，到处都是石钟乳、石笋、石花，还有一股淙淙流淌的溪水。他顺着溪水继续前行，突然间看见前面有一束幽幽的蓝色光晕，走近才发现是一株近似灵芝的草药。

"此刻，直觉告诉德德，自己苦苦寻找的，就是这株草药，而且肯定能医治好母亲的眼病。就在他兴奋不已的时候，耳边又响起一阵窸窸窣窣的声音。他将火把举近一照，看见有五条碗口粗的爬行动物在洞壁下缓缓蠕动，顿时吓得猛然后退了几步。原来，那是五条黑、白、青、黄、红五种颜色的大蟒蛇。它们发现有人进了溶洞，可能要对那株神草下手，便马上蜷成一团，如同一扇巨大的石磨，将神草围在中间，严密保护着。五条大蟒蛇昂着头，嘴里吐着信子，瞪着三角眼，紧紧盯着德德。

"纵然德德对那株草药十分不舍，但当他看清是五条蟒蛇时，还是差点把'蛇'字大叫出口。

"'无论对人还是对动物，都要说奉承的话。'德德猛然想起梦中银须老人的话，此刻便完全领会他话中的意思。

"于是，德德非常诚恳地对五条蟒蛇说道：'请五条大龙走开一点好吗？等我扯到这株草药，治好母亲的眼睛，一定会来感谢你们的！'

"事情就是那么奇妙，德德话音刚落，五条蟒蛇都在向他点头，然后缓缓地爬到洞里面去了。于是，德德迫不及待地走过去，双手扯下蓝幽幽的草药，把它紧紧地贴在胸口，飞似的跑回了家。

"德德异常激动地将神草递到母亲手里,母亲用双手拿着,又举到鼻尖闻了闻。这神草发出的阵阵扑鼻异香,沁人肺腑。她又把草拿到眼前晃了晃,两只眼睛顿时便有了轻松凉爽的感觉。随后,她使劲眨了眨眼睛,双眼居然就慢慢地睁开了。

"德德连忙安慰着母亲:'妈,等我把这株草药给你熬好,你喝了以后,眼睛就会彻底好了。'

"母亲连连点着头,说道:'德德啊,你瘦了,身上的衣衫也破了,手臂也划破皮,出血了。'

"开始,德德还没有注意到母亲的话。自己的母亲双目失明,她是怎么知道的?于是问道:'妈,你的眼睛能看见东西了?'

"母亲说:'你今天扯回来的草药真灵,我拿到眼前晃了几下,眼睛就好了。德德,让我好生看看你。你长大了,也长高了,真是妈的好儿子!'她看到长大成人的儿子,抚摸着他的头,竟然激动得热泪盈眶。

"人逢喜事精神爽。母亲眼睛痊愈,面容看起来好像也年轻了不少,人们都感到吃惊。德德看到附近的人都来向母亲道贺,他的嘴都笑得合不拢了。

"一天深夜,五条蟒蛇给德德托了个梦,非常感激他对它们的封赠。就是因为德德的那句话,胜过它们千年的修炼,它们真正变成了五条龙,并在当天夜里就升了天。

"后来,人们就把它们修行的溶洞称为'五龙洞'。"

听完何小诚的故事,大家都觉得意犹未尽,还想让他多讲几个这里优美的传说,回去后讲给后辈和亲戚朋友听。

"我们还得去镇上参观参观,以后再慢慢聊吧。"善解人意的顾小善连忙相劝,"等小诚有时间了,把他知道的白鹿故事编成一本书,一人送一本吧。"

"对，写一部书一直是我的梦想。等忙完这段时间，我一定要认真创作，宣传宣传彭州的深厚文化底蕴和家乡的风俗人情，让更多的人记住白鹿。"

从五龙洞回到小区后，何小诚发动小车，要送小善一家去镇上游览。

"小诚，开车小心点。"相见不易别也难，何妈妈在与顾小善道别时，竟然生出一丝难舍之情，握住小善的手久久不愿放下，"闺女，你要常来看看何妈妈啊！"

顾小善又把何妈妈送进院门，然后深情地拥抱住她："何妈妈，我会的，会像亲闺女一样，做你的小棉袄。"

随后，顾小善将头附在何妈妈耳边，小声说道："也许过不了多久，我就会叫你妈妈了。"言语轻得只有她们两人能听见。

此情此景，看得两家人和周围的百姓都湿润了眼眶。

到了镇上，何小诚将车停在公司，然后带着顾小善一家到街上四处观看。

顾爸爸、顾妈妈简直不相信自己的眼睛：一条具有浓郁法国气息的小镇就矗立在自己的面前，当初震后的残垣断壁和凄惨情景已经不复存在。

古镇那条最宽敞的路已经改名为"香榭丽舍大道"，但当地人还是习惯称"樵人街"。街道两旁全是尖顶房屋、拱形门窗，外墙贴着各色艺术墙砖，让人感觉踏进了异国他乡。摩肩接踵的人群，有的在选购满意的旅游商品，有的在拍照留念；还有的停步观瞧路边艺人的器乐演奏，有的走进甜品店要了一杯咖啡品尝。

走过卢瓦尔城堡，迈进银杏广场，顾爸爸和顾妈妈发现这里已经不是原来的场景了。何小诚忙向他们做了解释，说在灾后重建中，靠近白鹿河这边的住户大都搬迁了，支持政府在这里建起了广场，为居民和外地游客提供一个活动场所和观赏景台。站在这里举目眺望，白鹿地震遗址公园景色尽收眼底。

当他们转到靠近山壁一角的地方时，都停住了脚步，抬头向山上望了望。

顾爸爸和顾妈妈清楚地记得，这里就是令他们肝肠寸断、伤心欲绝的地方。此刻，看到眼前的女儿和她身旁英武帅气的何小诚，当初那段四处找寻、连夜搜救的场景便会一幕幕呈现脑海。两人甚至想，如果被抢救出来的女儿是一具冰冷的身子，一定会当即产生追随女儿而去的想法。

当何小诚和顾小善再次看到自己被埋近九十个小时的地方时，内心也是一阵恐惧、抽搐。试想，两人当初要不是躲进这山壁凹处，抑或是慢个两三秒钟，自己的父母也只能是白发人送黑发人了。只是世事难料，面对那一场深重灾难，自己竟然保护住了生命，能留下更多的时间去孝敬老人，去做更多有益社会的事。

情由景生，相熟相知的顾爸爸和顾妈妈，心有灵犀的何小诚和顾小善，都是相互握住对方的手，十指紧扣，四目相望，从对方会说话的眼里读懂了"珍爱生命"的款款深情。

由于银杏广场的建立，原来狭窄的清河街变得宽敞了，山壁之上的很多建筑也被拆除了，经过几年的植树造林和景观打造后，已变成一道美丽的山景。

顺着游步道往下，他们跨过白鹿河上的石阶，走进了白鹿地震遗址公园。

13 / 巍然屹立的"最牛学校"

白鹿河边,顾小善看到河中因地震而垮掉一半的桥,一种别样的滋味便涌上心头。

第一次来白鹿,第一次从桥上走过时,她的心情是那样愉悦,仿佛看到祖奶奶正露出慈祥的笑容,张开双臂,站在桥的那头迎接自己。而此时此刻,映入眼帘的只是一座断桥,让她的回忆多了一分失落与惆怅。

微风轻拂,水波粼粼,断桥的倒影在水中摇曳。恍惚之间,水中倒影不再只有断桥,断桥之巅,站着的正是祖奶奶,和蔼可亲、音容宛在。林中翠鸟鸣叫,传入顾小善耳里的,似乎就是祖奶奶充满怜爱的声音:"小善,我的乖乖曾孙女儿,谢谢你带着父母来看我。其实,我会一直护佑着你们。"

惊诧之际,祖奶奶还继续和她可爱的曾孙女儿调侃了一句:"小善,你身旁那位小伙子不错啊,俊朗帅气。从他眼里,我看到的是满满爱意,你可要好好珍惜。"

"小善,你怎么了?耳根都红了。"这时,何小诚走了过来,关切地问道,"你爸妈往里边走了,让我过来喊你一声。"

"没什么，就是刚才突然想起了祖奶奶。"顾小善双手拢了拢头发，在掩饰一下刚刚露出的窘态后，嫣然而道，"走吧，你还要多给我爸妈讲解一下啊！"

在灾后重建中，因为打造地震遗址公园的需要，白鹿镇九年制义务学校迁建到了水观村，原来的教师宿舍已经被全部拆除。没有了往日的琅琅读书声，这里便显得格外清静。数十棵高大挺拔的百年银杏和香樟，遮天蔽日，给整个地震遗址公园平添几许严谨肃穆之气。

何小诚、顾小善拾级而上，走到一栋教学楼前时，便看到顾爸爸、顾妈妈站在"天心"雕塑前，聚精会神地注视着那个像母鸡一般护佑着自己"鸡宝宝"的老师，热泪润湿双目。

"妈妈。"顾小善轻声呼唤着，挽住顾妈妈的手臂。

"这组雕像就是以一位杨姓教师为原型塑造的，当灾难来临时，他勇敢地伸出双臂，用自己的生命保护了学生。"何小诚走上前，小声地为顾爸爸、顾妈妈介绍着，"我们眼前的这栋教学楼后面，还有一栋三层教学楼。地震发生时，后面那栋楼刚好处在地震断裂带上，强烈的纵波在瞬间就将整栋大楼抬高三四米，而后便在横波中不断摇晃。门窗坏了、玻璃碎了，天花板不断掉落，庆幸的是两栋大楼没有垮塌。除了那位杨老师，其余师生只是不同程度地受了伤。"

此刻，顾妈妈的心情也是难以表述。当地震发生时，她也正在给学生上课。教室的强烈震动与摇晃，让所有学生惊慌失措、心生恐惧。而她在片刻之后就镇静下来，告诉每位同学用双手护着头部，就近藏身在自己的书桌下面。几分钟后，当险情基本排除，她才组织学生按照顺序走出教学楼。来到操场中心，她那怦怦直跳的心才慢慢平息下来，才想起给家人报个平安。谁知成都整个市区都通信受阻，电话无法拨通。当广播里面播出龙门山地震震中在汶川映秀时，她的内心又马上惶恐不安，因为宝贝女儿早上去的地方，距离震中只有几十公里。她强忍内心悲恸，在焦虑中度过两个多小时。当最后一位学生被家长接走后，她和顾爸爸便一刻不停地直奔白鹿。

顾小善理解妈妈的心情，挽着她向前一步，对着雕像，无比崇敬地鞠上一躬。

来到教学楼左侧，一组画面栩栩如生、情节让人动容的群雕便映入眼帘。

"这组'地震逃生'群雕是由四川美术学院和西安美术学院的老师根据地震发生时的情景，以学校师生为人物原型而设计的，它和主雕'天心'一起，依托这栋教学楼而塑造，真实再现了这所学校当时所处的危急场景。"何小诚边走边为顾爸爸、顾妈妈讲解。

"美院的老师在创作过程中，和每一位师生谈过话，详细了解了他们在逃生中的心情、想法，让他们回忆遭遇险情时的惊慌失措，逃生时的动作以及掉落的天花板、门窗的情形，比如有的学生跳窗而逃，有的学生满脸是血，有的学生跑掉了鞋子，有的学生相互搀扶、跌倒再爬起等。可以说这组群雕完全就是他们当时的情景再现。"

他们身后的墙上还悬挂着一块党史教育基地的牌匾，三个大大的展板以图文并茂的形式介绍了该镇在抗震救灾和灾后重建中众志成城、攻坚克难所取得的成就，实现了一个千年古镇的蝶变重生，成为大家眼中充满勃勃生机的小镇，让人备感欣慰。

何小诚带着顾小善一家转了一个弯，便来到挂着巨大

红色牌匾、上面写着"5·12汶川大地震最牛教学楼"字样的楼房前，继续给大家说道："当时这栋楼被瞬间抬高三四米，而且还来回颠簸三次，左右摇晃了一两分钟，很多师生站立不稳，有的被颠倒多次，摔得大脑一片空白，只能听天由命了。好在这两栋大楼建筑质量过硬，在如此强烈的破坏力下，依然昂扬挺立，屹立不倒，最终挽救了一千多名师生的宝贵生命。因此，被网友们亲切地称为'最牛教学楼'。"

站在两楼之间，顾爸爸和顾妈妈看到同处于一个地震带的两栋教学楼，左边一栋地面已经被抬高三四米，形成了一个巨大的陡坡，但是整栋教学楼却安然无恙。而右边一栋虽然墙体开裂、脱落，但建筑主体也是完好无损，内心一阵震撼。如果两栋教学楼建筑质量稍微马虎一点，那可是一千多条鲜活的生命啊！看来大家对"最牛教学楼"的赞誉，不仅仅是对建筑设计人良心工程的褒奖，更是对生命的尊重与崇敬，所以才会有那么多的人和事让人缅怀与纪念。

当何小诚和顾小善一家转到兴鹿街一家叫"白鹿·普罗旺斯"的影楼时，竟然和德尼·马丹不期而遇。

"叔叔、阿姨好！"看见顾小善一家从天而降，德尼·马丹异常兴奋地招呼着大家，"小善，我知道你经常来这里，还在猛追这位帅哥，所以我也来了。"

"你好！我叫德尼·马丹。"他点着头，挑衅似的向何小诚伸出右手，"我知道你叫何小诚。我也很喜欢小善，我们一定要公平竞争啊！"

"德尼。"见此情形，顾小善娇颜怒显，一把拉过何小诚，并紧紧挽住他的手臂，厉声地道，"我说过我们是不可能的。我喜欢的是他。你这样做，我真的会很生气。

要不，我们连朋友都做不了。"

"啊啊！小善，对不起。你不能生气，我也不能失去你这位美女朋友。你知道的，从第一眼看到你，我就情不自禁地想接近你，喜欢你。"

"我们是校友，我也只能和你做朋友。"

"用你们的话说，我相信眼缘，我会用自己的方式去追求你。"

"你是德尼？"何小诚看见两人斗起嘴仗，连忙大度、友好地握住德尼·马丹的手说道，"既然你那么喜欢小善，那我就给你一个公平竞争的机会。只要你能真诚感动小善，让她喜欢上你，我退出好了。"言语之中，对自己充满自信。

"嗯，这样很好。何小诚，我喜欢你，我要和你做朋友。"德尼·马丹一边说着，一边拉着何小诚进影楼，"我们进去喝杯咖啡，我要和你好好谈谈。"

何小诚欲拒不能，而顾小善一家都极不情愿。他只能让小善陪着父母四下走走，然后到公司等着他。

德尼·马丹带着何小诚走进他的摄影工作室，然后给何小诚调制一杯咖啡。

"何小诚，我好羡慕你，居然能让小善疯狂地爱上你。"

"我也爱她。"何小诚起身接过德尼·马丹递来的一杯咖啡，用铜匙轻轻搅拌几下，很优雅地喝了一口。

"味道不错啊！"

"何小诚，我不想跟你讨论咖啡，我只想和你说说小善。"

"我刚才已经告诉你了，公平竞争啊。"

"何小诚，我想告诉你的是，我不远万里来到中国，来到成都,遇上一位让我着迷的女孩,你就不能成人之美?"

"不能。因为我也非常喜欢她,真心实意地爱她。"

"我现在是中法友好交流协会四川分会的联络员,我可以给你引来法国企业,助推你的公司发展壮大,也可以推荐你公司的产品在法国甚至西欧多个国家销售。"

"德尼·马丹,你能来白鹿工作,我们非常欢迎。你能为中法两国的友谊和发展尽力,我们更欢迎。"何小诚拍了拍德尼·马丹的肩膀,坚定地说道,"而小善,她已经是我生命的一部分,我又怎么可能轻言放弃。"

说完,何小诚一转身,自信离去。

"你……"留下的德尼·马丹,只能看着何小诚的背影,呆呆地发愣。

何小诚回到公司,顾小善已经陪着父母在会客室喝茶聊天了。

"小诚,德尼·马丹没有为难你吧?"看见何小诚回来,顾小善连忙起身,拉着他的手,关切地问道。

"没有,我们很友好地交谈了几句。不过……"

"不过什么?"

何小诚拍着顾小善的手背,轻声地道:"他很喜欢你啊!而且已经到了那种痴迷的地步,我倒是担心他最终为情所困,会不会……"

"这个应该不会吧。以我对德尼·马丹的了解,他就是固执了一点,本性还是好的。"

"是吗?"

"在我面前,他从来都没有一点出格的举动。他追求我,那是他的自由,但是我也有拒绝的自由。只是我拒绝他后,他还是和其他同学一样,一如既往地主动约我,对我的拒绝毫不理会。他研究生毕业后,就主动申请留校当了一名助教，留在了成都，还在我们报社对面一家影楼打工，目的就是想每天都能看上我一眼，从来不会来打搅我。或许就是因为这样，我对他始终没有反感的情绪。"

"可能，这就是人们常说的'单相思'吧。"看到两个年轻人一直在讨论这个问题，顾爸爸便起身插了一句。

"我和你爸都年轻过，理解理解。"随后，顾妈妈也起身附和着。

"小善，时间不晚了，我们就回成都了。"顾爸爸跟女儿说完话，又对何小诚说道，"小诚，努力啊，顾叔叔看好你。"言语之中，流露出浓浓爱意。

顾爸爸刚出门，便看见两名身着工商制服的人走进何小诚公司，其中一人似曾相识。

"你是……"他看着走在前面的那位工商干部，连忙停住脚步，友好地伸出右手。

"我是工商所的，姓张。"那位工商干部握住顾爸爸的手说道，"地震那天，你坐过我们的车到思文场。"

"啊啊，想起来了，你是张所长。"顾爸爸高兴地说道，"那天真是太感谢你们了。"

"应该的，应该的。"张所长客气地说道，"举手之劳而已，更何况是在那种特殊的时候。"

"欢迎张所长到公司指导工作。"这时，何小诚也走了过来，得知当初的情况后，又将自己和顾爸爸的关系向张所长介绍了一下。

"缘分，缘分哈。"张所长和顾爸爸再次握手告别，"今天到公司来，就是想看看他们有没有需要我们帮忙的地方。"

"嗯，你们的工作做得很细，很到位。那你们忙，我们就先回去了，有空一定来成都喝茶啊。"

冬去春来，又到一个繁花似锦的时节。

按照"绿山富民、旅游兴镇"发展思路打造的"川内独有、全国唯一"的白鹿中法风情小镇，以一幢幢色彩斑斓的风情建筑和异域文化、婚纱摄影以及西式婚庆等特色不断吸引各地游客竞相前来。尽管市上在震后新建了一条通往山区的湔江路，但是每到周末或是假期，前往山区观看美景或休闲度假的人更是急剧增多，常常会造成短暂的交通阻塞。

不过，游客们在路上遭遇的所有不愉快，只要一到镇上，走进这个别具一格的"中法风情交相辉映"的特色小镇，便会烟消云散。

法式步行街，色彩缤纷的古堡城墙，尖尖的房顶，拱形窗台上盛开的鸢尾花，都会让每位游客置身于一个美丽的童话世界。他们可以在宽阔的香榭丽舍大道信步漫游，欣赏四周独特的欧式建筑，在一步一景的中法风情小镇，尽情地用相机留下美好的一瞬；可以在每一间商店选购纪念品和地方特色商品；也可以悠闲地坐在街边，品尝一杯香醇的咖啡，看川流不息的人群，让自己也成为别人眼中的一道风景。

汶川地震五周年纪念日，白鹿镇在银杏广场举行了一场隆重的开街仪式。因为有顾小善一批媒体朋友的策划宣传以及德尼·马丹和中法友好交流协会四川分会的帮助，这座深居深山的千年古镇引起了各地关注，在互联网热搜排名中也占了一席之位，"中法风情小镇"的美名红极一时。

下午，何小诚、顾小善扶着何妈妈刚走出公司，便碰上匆匆走来的何小颖和朱小辛。

14 / 浪漫的成都夜色

看见妈妈、哥哥和顾小善，何小颖红着脸，拿出一本红色证书，递到三人眼前。

"啊，啊，你们两个，终于领证了。"何小诚一看上面三个烫金的"结婚证"字样，翻看着证书后，爱怜地拍了一下妹妹的头，又向朱小辛伸出手，"老同学，祝贺你，照顾好我妹妹。"

"必须的，一切行动听她指挥。"和心仪的同学妹妹结为连理，朱小辛也心满意足。

"小颖、小辛，你们这下就算是一家人了，夫妻两个一定要互敬互爱，家和才能万事兴啊！"何妈妈语重心长地说着，眼里噙满激动的泪花。

"大喜事，必须庆贺一下。"顾小善看见两人相爱多年终成正果，也是异常高兴，亲热地抱着何小颖说道，"为了表示我的诚意，我马上去采购物品，到你家亲自下厨，做几道好吃的菜，让大家高兴高兴啊！"

"这个……也太麻烦了吧。"何小诚想了想，提出自己的想法，"小善，干脆我开车直接送你回报社吧。刚好老妈也在这里，小辛、小颖，你们两个回去接上父母，今晚我们直接去成都庆贺吧。我知道，他们已经好久没有去过成都了，对成都的各种美食都还念念不忘呢。"

"那就去总府路上的'赖汤圆'店，里面汇聚了成都市的各种小吃，他们一定会喜欢。那里离我们报社也近，可以把车子停在报社。"

两个小时后，两车七人顺利抵达成都市蜀都大道总府路的"赖汤圆"总店。

何小诚兄妹带着三位老人先去店里寻找到座位，安排好老人坐下后，按照各人的喜好，基本上将店内的各色美食一网打尽。

等到顾小善、朱小辛停好车走进店里，那色泽红亮的夫妻肺片、红油鸡块，软嫩、柔滑的凉面、凉粉，辣中带甜的全肉馅钟水饺，细薄、香气扑鼻的担担面，皮薄馅嫩、汤浓色白的龙抄手等美食以及成都久负盛名的传统小吃——滋润香甜、爽滑软糯的"赖汤圆"，已经摆了满满一桌。

三位老人看见服务员还在源源不断地上菜，忙叫何小诚不能再上了。

"其实就是碗多罢了。"何小诚马上劝道，"妈妈，你看这一个碗里只有四个，这个只有一两，分量都是很少的，大家还可以分着品尝，关键是要把各种美食都品尝一遍才行。"

"大家到了成都，就放心吃、放心玩吧。"顾小善也说道，"晚上回去不安全，我在报社宾馆给你们订了房间，吃完饭后，我再带你们去看看成都的夜景。"

于是，大家兴高采烈地一边品尝美食，一边祝福着朱小辛、何小颖。

晚餐后，顾小善带着大家夜游成都文化地标宽窄巷子。

"宽窄巷子是由宽巷子、窄巷子、井巷子三条东西平行排列的巷子组成,目前是成都遗留下来的较成规模的明清古街道,全为青黛砖瓦的仿古四合院落。"顾小善挽着何妈妈的手臂,一路向大家介绍。她那和蔼可亲的俊模样、悦耳动听的解说竟然吸引着一大群游客跟在后面观看。

顾小善发现后,便乘兴给大家继续讲解道:"宽窄巷子曾经获得过'成都新十景''四川十大最美街道''四川省历史文化名街''中国特色商业步行街'等称号,是成都市三大历史文化保护区之一,其他两个分别是大慈寺和文殊院。大慈寺始建于魏晋,极盛于唐宋,历史悠久、文化深厚,规模宏大、高僧辈出。史载622年,年满二十岁的玄奘在此受具足戒,唐玄宗御赐匾额'敕建大圣慈寺'。寺内殿宇宏丽,院庭幽深,古木参天,世间称之为'震旦第一丛林'。文殊院则始建于隋朝大业年间,康熙三十六年重建时改称文殊院,是集禅林圣迹、园林古建、朝拜观光、宗教修学于一体的佛教圣地,更是全国佛教重点寺院之一。文殊院属于典型的全木质古建筑,六重正殿依次正对山门的中轴线上,气势恢宏、巍峨壮观,寺内宸经楼左侧供奉有玄奘法师顶骨舍利。"

"这丫头,真是了不起啊!"何妈妈看到四周一下就聚集了那么多人来观看顾小善,便慢慢将自己的手臂从她的手臂里抽出来,走到儿子跟前,和朱小辛父母站在一排,很自豪地昂着头,和大家一起听着。

何小颖看见妈妈过来,便一手拉着朱小辛,一手挽着妈妈,还朝哥哥挤眼一笑:"嫂子好有才,能说会道俏模样,你赚大发了,捡了一个大元宝。"

何小诚盯了一眼妹妹,向她努努嘴,示意她不要说话，影响顾小善的讲解。

"真是个奇女子啊。"他也忍不住自言自语，那嘴角边露出的微笑，却掩饰不住内心的惊喜和得意。

而顾小善精彩绝伦的讲述，还在向着高潮推进，所有人都在聚精会神地倾听。

"各位外地朋友，各位外地游客，欢迎大家来到成都。成都不仅是座历史文化名城，更是时尚魅力之都。据《太平寰宇记》记载，早在两千三百多年前，以周太王从梁山止岐下，一年成聚，二年成邑，三年成都，因名之曰'成都'。于是，从秦张仪、张若的大城、少城，到西汉益州、锦官城；从三国诸葛孔明的八卦兵城，再到五代后蜀孟昶的芙蓉城，虽经沧海桑田的巨变，但它却像浴火重生的凤凰，一直展翅翱翔在'美的巅峰与极致'，金光闪闪，辉耀四方。'扬一益二''既丽且崇'——这个华夏城市中老寿星的金字标榜一直扛了两千多年，一直没有变过'成都'的称谓，在中国城市史上、甚至在世界历史名城中亦绝无仅有。成都的主要景点，除了宽窄巷子、大慈寺、文殊院，南边有反映三国文化的武侯祠、锦里，西边有'川西第一道观''西南第一丛林'的青羊宫，还有反映古蜀历史文化的金沙遗址博物馆，很多景点里面都配有休息、娱乐、餐饮的场所，可以很好地满足大家在视觉、听觉以及味觉等方面的旅行需求。如果大家有时间想去稍远一点的地方，我给你们推荐有世界文化遗产之称的都江堰和青城山，还有彭州市的龙门山湔江河谷旅游区，记得一定要去中法风情小镇白鹿看看啊，那里的异国风光也一定会给你带来意想不到的旅途享受。各位朋友，各位游客，我在白鹿等你。"

说完，顾小善礼貌地给大家鞠上一躬，带着何妈妈一

行继续去宽窄巷子的'四川记忆'馆领略成都独特的盖碗茶、观看川剧变脸了。"

"说得真不错,我还以为她是成都的形象大使、旅游大使呢。"

"我好像听了一场旅游成都的演讲。"

他们的身后传来一阵潮水般的掌声。

"小善,赶快和小诚结婚吧,这样你就是白鹿的媳妇了。"朱小辛也兴奋地对顾小善说道,"我一定要向镇上领导隆重推荐,请你来担任我们白鹿镇的形象大使和旅游代言人。"

从金河路出来,他们又去天府广场逛了一圈。

"亲家啊,你们看这灯、这人、这车。"看着眼前的街道灯火辉煌,车水马龙,何妈妈感慨道,"算起来,我都是在二十多年前和老何来过一次成都,除了这座雕像和后面的展览馆有点印象,其他的都变了。"

"是啊,这就是大都市的夜生活。"朱爸爸也握住朱妈妈的手说道,"这要是我们那里,镇里的人在这个时候恐怕早都熄灯睡觉了。"

想到第二天要上班,老人们也有自己的事,顾小善便适时将大家带到宾馆休息。

将大家安排妥当后,何小诚和顾小善走出宾馆。

"要不,你也在这里住下?"何小诚坦诚地看着顾小善。

"爸妈还在家等着呢。"顾小善依依不舍地望着何小诚。

"那我送送你。"何小诚牵着顾小善,走上蜀都大道上连接红星路和春熙路的那座天桥。

走到天桥中间,两人都心有灵犀地停下脚步,深情地凝望着对方。

闪烁的霓虹灯，不断地将各色迷幻的光彩照在两人身上。

"你知道我此生最大的遗憾是什么吗？那就是没有在人生最美好的时光，谈一场轰轰烈烈的恋爱。"

"盼望有一天，那个心仪的男生闯进我的生活。他有一双宽厚的手，牵着我在成都的街头巷尾寻找美食，或者在宽窄巷子喝茶聊天，在文殊院晒太阳发呆；可以在灯光璀璨的春熙路天桥激情拥吻，成为都市最亮丽的夜景。"

何小诚陡然想起五年前那个灾难突袭的日子，顾小善那绝望而又奢求的话语顿时回荡在耳际。

他伸出双手，一把将顾小善紧紧拥住，然后吻住她柔软温香的樱桃小唇。

顾小善踮起脚，用力回应着他的激情拥吻。

一名帅气的外国小伙登上天桥，用手机记录着两人最动情的一刻。

良久过后，两人才从沉迷中醒来，恋恋不舍地分开。

看到顾小善眼角滚落的两滴热泪，何小诚又用嘴唇依次吻干，然后将她的头紧紧贴在自己的胸前。

"我期盼有一副有力的臂膀和雄健的胸膛让我有所依靠，安然入睡。"

顾小善也想到自己曾在废墟下说过的话语，双手用力缠绕在何小诚腰际："真想在这里，就这样度过一夜。"

"小善，我的女神，怎么会是你！"那位手持手机拍摄的外国小伙正是德尼·马丹。他回到成都忙着将白鹿镇开街仪式的资料整理好后，发给国外的朋友，请他们在国外的媒体介绍、推广白鹿。此时有朋友打电话让他去太古里一家酒吧玩，正好在天桥上遇到这浪漫的一幕。

德尼·马丹本想将这段视频拿去给朋友炫耀，或者投稿给新闻媒体，当他发现在天桥拥吻的两人是顾小善和何小诚时，当即惊呼起来："何小诚，你撒狗粮竟然撒在这里，真是气死我了。小善是我的朋友，我要请她去酒吧喝酒。"说完就要伸手拉顾小善。

"德尼，你不要乱说哈。"顾小善马上将双手放在身后，"何小诚是我男朋友，我们在这里不妨碍任何人。你我只是校友，你如果再无理取闹，我们就永远绝交好了。"

"好，好。小善，你别生气。"看到顾小善动怒，德尼·马丹马上向她道歉，"我喜欢你，也会尊重你。你们继续浪漫吧，我去陪朋友了。"

他走到何小诚面前，低声说了句："只要你们还没有走进婚姻的殿堂，我就会一直追求她。"说完便匆匆离去了。

15 / 意想不到的伤悲

刚过立秋，龙门山区便接连下了几场大雨。

白鹿镇的防汛工作变得异常严峻起来，除了留守人员值班外，镇里的干部都被派到各村驻守，镇领导则在各地巡视检查，确保安全度过雨季。他们知道，地震过后的龙门山，岩石、土质变得疏松，这几年中，只要连续下几天大雨，各地泥石流事件便时有发生。

8月11日下午，在彭州完成采访任务的顾小善，赶到何小诚的公司驻地，然后陪他到塘坝子村的药材种植基地和农产品基地查看灾情。

因为下雨，闲来无事的德尼·马丹看到顾小善到了何小诚的公司，便打着雨伞走到何小诚车旁说道："何总这是去哪？"

"我去基地看看，听工人说一些地方积水严重，需要及时疏通排水。"

"那我跟你们一起去吧，多个人多点力量啊。"德尼·马丹又看了看顾小善，一手抠着头皮，觍着脸说了一句。

不知是什么原因，只要一看见顾小善，他就有一种莫名的情绪在内心燃烧。

"真是无聊。"坐在副驾的顾小善白了德尼·马丹一眼，嘀咕一句后，就不再说什么了。

"那你上车吧。"何小诚则大方相邀。

德尼·马丹连忙打开后门，乐颠颠地坐了进去。

车子行驶到水观村与塘坝村交界地带的丁家湾，便遇上公路被山洪冲落的泥石阻隔。

何小诚下车，打着雨伞上前查看路面情况。

"小辛，是你们。"何小诚看见对面也停着一辆车，有三个穿着雨披的人正在用力搬移路中的大石，走近一看才发现是朱小辛和镇上两名干部。

"小诚，你这是要回去？"朱小辛边推石头边和何小诚说道，"我们刚才了解了一下塘坝子村的受灾情况，正准备回镇上向领导汇报呢。"

"情况怎样？"何小诚走上前，放下雨伞和他们一起推大石。

"村民们种的萝卜大都被淹，如果再下几天雨，估计要烂在地里，莲花白苗只有雨后补栽了。你的基地损失肯定不少，好在药材种在斜坡上，雨水能及时往山下排。"

四人合力推移横在路中的大石后，又去搬移其他石块。这时，顾小善和德尼·马丹也下了车，打着雨伞过来帮忙。

"你看你，雨还有点大，就不怕淋坏身子。"顾小善捡起何小诚放在一旁的雨伞，为他撑上。

"你还是回车里待着安全。"何小诚劝道，"这几个石块很快就移完了，衣服湿了回家换了就是。"

就在这时，又有几块泥土夹着细石从山上滑落而下。

"大家小心，注意安全。"朱小辛发现后，马上给予警示，"我们都撤了吧，把车往后面退一点，等会儿情况稳定了再过去。"

朱小辛知道，出现这种情况，往往后面还会有泥石接着滑下来，而且最怕个别石块在山坡上被凹凸不平的地方碰撞后四处飞落。

"德尼，上车了，等会儿再捡那几个石头吧。"何小诚招呼一声德尼·马丹后，拉着顾小善准备去挪车。

这时，德尼·马丹正在移动一块石头。

"哗啦"一响，跟着一阵"沙沙"的声音从他头上传来。

"不好，肯定有泥石流滑下，而且有飞石碰撞杂草和树干的声音。"

朱小辛迅速向德尼·马丹跑去，想尽快拉他躲到安全的地方。

此刻，朱小辛边跑边向山上望去，似乎发现几块石头正朝着德尼·马丹站立的地方飞落而下。

"快跑！"朱小辛大吼一声后便飞身而上，扑向德尼·马丹，并用自己的身体紧紧护住他。

惯性作用下，朱小辛护住德尼·马丹，往后滚了好几米，停在了山壁下。几块石头已经落在刚才德尼·马丹站着的地方，跟着滑下一大堆泥石，将道路再次阻隔。

何小诚、顾小善以及那两名镇干部各自向后奔跑了十多米，寻找到一处安全的地方躲藏，待身后的响声稍微平息，他们才慢慢转过头来。

只见朱小辛伏在德尼·马丹的身上，一动不动地趴在公路与山壁的交接处，从山上滑下的泥石流距离他们不到一米，如果泥石流的体积再大一点，肯定会将两人掩埋。

"朱小辛，朱小辛。"过了一会儿，缓过气来的德尼·马丹用手推了推朱小辛，但他仍伏在自己身上，双手还紧紧抱着自己的腰身。

"滴答，滴答……"暖热的液体一点点滴在德尼·马丹的脸上。他伸手一抹，发现是从朱小辛头上滴下的鲜血。

"朱小辛！"德尼·马丹大声呼喊起来。

何小诚、顾小善和那两名镇干部迅速跑了过去。

走近一看，朱小辛还紧紧抱着德尼·马丹。任凭德尼·马丹怎样喊他、推他，他也纹丝不动。

朱小辛的后脑正不停地涌着鲜血，顺着发丝，不断滴落在德尼·马丹的脸庞和脖颈，然后混着雨水往下流淌，不大一会儿就染红了地面。

"不好，小辛肯定被飞石击中，昏迷了。"何小诚马上和两名镇干部一起，将朱小辛从德尼·马丹的身上抬下来，然后抱在怀中。他一边脱下自己的衬衣，将朱小辛的头部紧紧包住，一边对大家说道：

"德尼·马丹，你去把车子开过来，我们马上将小辛送到医院；小善，你马上联系120，让医院火速派车在中途接我们，多一分钟给他输上氧气，他就多一分抢救的希望。"

然后，他又让两位镇干部将车移到安全地带，并在此处两侧找个安全地方留守，告诫过往行人注意安全，请政府尽快派人疏通交通。

十多分钟后，白鹿医院派出的医生在途中将朱小辛转移到了救护车，并马上进行输氧输液和头部的必要清理包扎。

当救护车风驰电掣地赶到医院时，朱小辛的父母、何小颖以及镇里的领导已经在手术室前等候了。陈书记和周镇长要求医院全力做好抢救工作。

"小辛，我的儿啊，你可千万别出事啊。"看到推车过来，朱小辛的父母马上拥上前去，关切、疼爱之情油然而生。

"小辛，挺住。"何小颖泪眼婆娑，抓住朱小辛的一只手贴在脸庞。

"爸爸、妈妈、小颖，你们都来了。"此时，一直昏迷不醒的朱小辛突然睁开双眼，"还有书记、镇长、小诚，你们也在啊。我这是怎么了？"苏醒后的朱小辛，竟然不知自己身负重伤，已经半个小时不省人事。看到身旁还有医生、护士，自己躺在推车上，才知道这里是医院。

"你们放心，我不会有事的。"朱小辛看着眼前的一位位亲人，宽慰地道，"小颖，我们不是约好国庆就举行婚礼吗？爸爸、妈妈，小颖会是一位好儿媳的，肯定会照顾好你们二老的。"

突然，一阵剧烈的疼痛从朱小辛的脑后传到心尖，然后传遍全身，正在说话的他紧闭了一下双眼后，又慢慢强力睁开。因为此刻，一种沉睡的感觉和莫名的恐惧又突然袭来，他怕自己闭上眼睛后，就再也不能睁开了。

朱小辛尽力克服着内心的不安，缓缓地继续说着："两位领导、小诚，如果我有什么意外，再也不能和大家共事，我有一个请求，就是将我埋在白鹿顶上，让我守护着自己的父母、亲人，看着白鹿人民幸福和谐地生活。小颖，爸妈就拜托你了……"

说完，朱小辛便慢慢闭上了双眼。只有何小颖感觉到，她紧紧握住朱小辛的那只手，在她温热的手心徐徐变凉。她知道，自己心爱的男人永远不会再睁开眼睛看看这个世界，看看他的亲人和朋友了。

"小辛！"何小颖突然伏在朱小辛身上，号啕大哭起来。

朱小辛的父母早已泪流满面，听见何小颖的哭声，便知道最不愿意看到的事情最终还是发生了。白发人送黑发人，两位老人顿时肝肠寸断，悲痛欲绝昏厥过去。身旁的几名护士一看，连忙搀扶他们走进病室，然后轻轻放在床上。

围在手推车周边的每一个人，无不两眼含泪，悲恸惋惜。

三天后，一个细雨霏霏的早晨，朱小辛的遗体告别仪式暨追悼大会在白鹿银杏广场举行。

韩市长代表市委、市政府致悼词，对朱小辛的工作和为人给予了高度的肯定。各单位、各镇的主要负责人均到会看了朱小辛最后一眼；法国驻成都领事馆发来吊唁，对他奋不顾身保护法国人民的英勇行为表示肯定；几百名群众从各村赶来，给他们的朱副镇长深深地鞠上三躬，并依次敬献一朵白菊；德尼·马丹和中法友好协会的同志一道，用外交礼仪，唱着圣歌为他送行、为他祈祷。

不久，省政府为朱小辛授予"革命烈士"的光荣称号。

"爸、妈，我和小辛是领了证的夫妻，现在小辛不在了，我做儿媳的应该照顾好你们两位老人啊。"任凭何小颖怎样说，朱爸爸和朱妈妈都不同意她住进家来。

何小颖只好每天挤出时间，过来陪陪两位老人。但是朱小辛的房间门却一直紧闭着，就连她说要进去打扫一下卫生，朱爸爸和朱妈妈也始终没有将房门打开过。

看到何小颖来陪自己说话，两位老人都深感内疚，在聊天过程中也劝说小颖另找好婿，不能耽误自己。

"小颖，你是个好女孩啊，只可惜我家辛儿，没有福分跟你在一起。"每次送走何小颖后，朱爸爸和朱妈妈都会看着墙上挂着的儿子遗照以及放在书桌上的烈士证书，不停地重复着这样的话，接着便是一阵哀痛，相对无言、以泪洗面。

16 / 此生你就是我的最爱

"爸、妈,我妈、我哥来看你们了。"为了能顺利住进朱小辛家,更好地照顾两位老人的生活起居,何小颖带着妈妈和哥哥,一起来做朱爸爸、朱妈妈的工作。

亲家上门,朱妈妈很热情地泡上三杯白鹿白茶,放在茶几上。

"小辛他爸、他妈,我家小颖和小辛是领了证的夫妻,和你们就是一家人了,照顾好你们,是她做儿媳的本分啊。"何妈妈亲热地拉着朱妈妈的手说着。

"可是,现在我家辛儿他……"一说到朱小辛,朱妈妈心里就是一阵哽咽,"你家小颖那么乖巧漂亮,又心地善良,我们不能耽误她啊。"

"朱爸爸、朱妈妈,小颖她也跟我和妈妈都说过,这辈子能嫁给你家小辛,就是她一生最大的愿望。我们看着她长大,知道她的倔脾气。"何小诚也劝说着两位老人,"她认这个死理,我们都无法改变她。而且照顾好你们,也是小辛的遗言,他爱小颖,知道她一定会做到的,你们就成全这桩美事吧,不然小辛他会……不安的。"

"这样吧,你们就当她是自己的闺女不就成了。"何妈妈再次劝道。

"这……"朱爸爸、朱妈妈双手揉搓，迟迟定不下主意。

"爸、妈，我从小就喜欢小辛哥，长大后，这种喜欢就演变成一种强烈的爱。为此，我选择了他读的大学、他学的专业，以及他工作的地方。"何小颖意志坚定地说道，"我们真心相爱，还特意在'5·12'那天领了证。我们商定好了要在国庆那天举行婚礼，谁知会遇上……"

说到悲伤动情处，何小颖顿时双眼含泪。她沉默一会儿后，意志坚定、哽咽地道："我们已经是法律意义上的夫妻，虽然小辛他不在人世，但是我会终身做好他的妻子，做好你们的儿媳，好好孝顺你们的。"

看见何小颖对儿子用情专一，朱妈妈走过去，用力拥住她，激动地道："嗯，好，我的好儿媳。何妈妈、小诚，你们放心，我和小辛他爸也会善待小颖，当她如同亲生，不让她受丁点儿委屈。"

"爸、妈，我还有一件很重要的事要告诉你们。"何小颖又看了看自己的妈妈、哥哥，掏出一张盖着市人民医院鲜红印章的证明，递到朱妈妈手里，"今天上午我去人民医院做了检查，医生恭喜我怀孕，说有三个月了，胎儿发育非常健康。"

"什么？！"坐在一旁默不作声的朱爸爸一听，当即从沙发上弹了起来。

他急忙走过去，一把抢过朱妈妈手里的证明，鼓起一对牛眼看着："真的？！这是真的？！"

他自言自语，又将证明递到老婆面前，请她再确认一下，然后瞧着何妈妈和何小诚。

看到何妈妈和何小诚都点头致意，他终于相信这是真的了:"哈哈,苍天有眼,我老朱家有后了!"

他激动地拉过何小颖,异常兴奋地说道:"谢谢你,小颖,真是我的好儿媳!我代表我们老朱家给你鞠躬了。"

看见公公要给自己行礼,何小颖连忙扶住朱爸爸:"要不得,爸爸。"

"那个,老伴,从现在起,我们要像保护大熊猫那样保护好小颖,不能让她做粗活、重活了。"朱爸爸给一旁的朱妈妈说道,"重活我来,你每天做好后勤工作,每天早上煮几个荷包蛋,隔天炖只土鸡,保证让小颖吃得有营养。"

"爸、妈,我没有那么娇气的。再说,适当运动才会有助胎儿的正常发育呢。"看到一大家人的笑脸,何小颖抚摸着肚子,露出母性般的笑脸说道,"这是我和小辛的爱情结晶,也是你们朱家的根,我一定用心生下他,好好培养他,让他成为农业专家,像他父亲那样为家乡的经济发展出力,为家乡群众服好务。"

送走何妈妈和何小诚后,朱妈妈拉着何小颖的手,来到朱小辛房间前,爱惜地道:"小颖,不是我们不让你进辛儿房间,我们是怕你看到房间里面的东西,触景生情伤心啊。"

待朱妈妈掏出钥匙打开房门,何小颖走进去一看,就惊呆了——房间里面的布置,完全就是一间华丽温馨的婚房啊,唯一缺少的就是她和朱小辛还来不及去拍摄的婚纱照。

"哎,知子莫若父。知道你俩有事业心,工作忙,我和辛儿他爸就利用空闲时间张罗了这些,也不知道你喜不喜欢?"朱妈妈说道。

"妈妈，我很喜欢，相信小辛也喜欢。"看见房间里面的物件摆设，何小颖喜极而泣，一把抱住朱妈妈，"你和爸爸费心了，谢谢你们！"

"我们就是怕你看见伤心。"朱妈妈轻手拍着何小颖说，"喜欢就好，喜欢就好。"

朱妈妈又将何小颖拉到梳妆台前坐下，然后从梳妆台的抽屉里面拿出一个小皮包，接着说道："这是辛儿十岁那年，他奶奶弥留之际留给他的，只是告诉我们没有必要去看，等到辛儿结婚时再给他。现在辛儿不在了，你是他的妻子，当然就由你收下了。"

说完，朱妈妈指了指何小颖肚子，提醒她早点休息后，就出去了。

何小颖拿着这个小皮包，仔细端详了好一会儿："这里面究竟装有什么东西呢？"

她很是纳闷，正要打开时，貌似肚里的胎儿突然动了一下。

"哎，小淘气，你和奶奶心有灵犀，提醒妈妈睡觉了吧。"何小颖想来这也不是什么要紧的事，便将小皮包重新放进抽屉，然后摸了摸肚皮，开心地笑了笑，准备洗漱休息了。

国庆大假，越来越多的外地游客赶来白鹿，游览观看这座藏在龙门深山里面的风情小镇，领略这里别致的法式浪漫。

为确保整个大假期间的安全，及时处理相关突发事件，全镇干部轮流值班。

10月1日本该是何小颖和朱小辛举行新婚仪式之日，尽管朱小辛突然离去，朱爸爸、朱妈妈还是特意在家里张罗了一桌好菜，请来何妈妈、何小诚以及自己几位好友，围坐在一起。

因为要值班，何小颖回家吃了午饭后，就提前和大家告别离席了。她拿上提包正要出门，突然像是想到了什么，便回到自己的房间，将前几天朱妈妈给的那个小皮包，放进了手提包。

"美美，你去把午饭吃了吧。"到了值班室，何小颖换了另外一名值班同志去吃午餐。

"这里面该不会藏着什么宝贝吧？"她坐下来，便从提包里面拿出那个小皮包，然后小心翼翼地打开。

于是，一封对折的信封，一枚被绣着红牡丹的手绢包着的银色十字架，一一摆在办公桌上。

何小颖慢慢撕开信封，从里面掏出很厚一叠印有"华英女中"字样的信笺，上面娟秀的字迹，还如同昨日所写——

我的乖孙宝贝辛辛，看到这封信，想必你已经知道，这是奶奶留给你的东西了。我在信中要告诉你的是奶奶的一些秘密，同时也有关你父亲的身世。之所以没有提前给你父亲谈及此事，是奶奶不愿意让他知道，他是一名私生子，还是有着法国人血统的私生子。因为他们那个时代，私生子都要被人嘲笑和歧视的。

我们的祖上是清朝初期移民到四川成都的，开始住在平安桥的小巷，父母做点小生意维持着一家人的生计。我在七岁时在附近教会学校读书，十二岁的时候又转到华英女中。抗战爆发后，成都也变得不安全了，日军经常派出飞机轰炸这里。记得1939年我刚满十五岁的时候，日军竟然派出一百多架飞机轰炸成都，盐市口、少城公园几个地方都炸死了很多人，父母都去帮忙收敛过死尸。后来，为

了一家人的安全，父母就带上我，来到白鹿，并选择在塘坝子的漓沅山足安了新家。

1943年，父亲入伍去前方参加抗战后，母亲和我便在这大山里相依为命，等候他的归来。因为识字，我还在附近的一所小学教书。

一天傍晚时分，母亲在家里做饭，我则到后面山坡摘菜。这时，山里突然狂风大作，跟着又下起暴雨。我在回家途中，看见一个满身是泥的黄发男子，一动不动地躺在大树脚下。我一看就知道因为下雨造成山道湿滑，肯定是这位男子行走时不小心滑倒，然后从山上滚落而下，如果不是被大树拦着，他就滚落至山涧了。

他的鼻孔还在轻微出气，就是一直昏迷不醒，我知道这一定是他头部受到撞击造成的。他身材高大，很重，我只能抓住他的双臂，将他的头放在自己脚上，然后一步步挪动，用尽全身力气，费了很长时间才将他拖至最近的一个山坳处，避免他继续被雨淋着。

我马上回家将此事告诉母亲，善良的母亲当即放下手中的活，去附近杨猎户家借了一副他抬猎物的担架，并叫上他一同去山坳，将受伤的男子抬进自己的房间。

母亲请杨猎户给男子清洗了身子，并换上丈夫的衣裤，还给他全身做了仔细的检查。杨猎户告诉母亲说除了后脑勺有一处破皮外，其他地方未见有伤，估计是后脑撞在树干，造成脑震荡而昏迷不醒。还说他家里有各种草药，有的可以拿来给他敷上，有的可以熬汤服用，能不能醒来就要看他的造化了。

就这样，这位男子便在我家住上了。除了换药、喂药，我们还尽量保证他的营养，杨猎户也隔三岔五地拿来野鸡或者野猪肉。在一个月后的清晨，他突然睁开双眼说话了,还是一口流利的中文。

于是,我们从他口中知道他叫乔治·马丹,来自法国普罗旺斯,到这来是为了给他的叔叔圆梦——因为叔叔多年前在这里找到了他的真爱,遇上了让他魂牵梦萦的女孩。后来,战争又让他义不容辞地选择了报效祖国。他和美丽的姑娘立下山盟海誓,战争一结束,就回来找她;每年中国的"七夕节",她都会在白鹿顶上等他归来。但是战争让叔叔失去双腿,记忆也时好时坏,他再也无法实现对那位女孩许诺的誓言,只得让侄儿寻找机会来到这里,帮助他解开唯一令他魂牵梦萦的心结。

乔治·马丹从法国一路辗转到了成都,在经过蒙阳时遇上一批到葛仙山的人,便和他们结伴而行。路上,他们告诉他很多有关葛仙山的故事,其中山的得名就是因为道士葛永贵与道友杨升贤在该山结茅为庐,炼丹修道,羽化成仙,因此此山又有"葛家山"之说,是川中著名的道教名山和游览胜地,山的北面便是白鹿,而他也将法国的历史文化讲给他们听。到了葛仙山后,他们还留他在山上的道观住了几宿。在这里,他将群峰环抱、山峦叠翠的葛仙山游了个遍,对其中的"九妖十八洞""二十四峰"等主要美景流连忘返。要不是偶然有人说起明天就是牛郎织女相会的日子,他都快忘记自己来中国、来白鹿的原因了。于是,他便与众人别过,匆匆赶往白鹿,要在明天登上白鹿顶,寻找叔叔口中时刻念叨的女人。

尽管错过了"七夕节",他醒来后还是每天登上白鹿顶,并拿出一枚银光闪闪的十字架在一些上山游览的年龄相仿的姑娘面前晃动,希望发现其中有人拿着同样的十字架。但是奇迹一直没有发生,直到中秋节后,他才放弃在山顶上的等待,而在我的陪伴下,开始四处打听、寻找。

途中，我们相互交流，讲述罗密欧和朱丽叶、斯嘉丽和白瑞德的爱情故事以及《红楼梦》《西厢记》。

看见他的执着，想起他家乡叔叔对这位姑娘的真情，我会很自然地联想到自己的情感归宿。十九岁的花样年华，接受过新文化的熏陶，对爱情肯定有一番美好的憧憬。在几个月的接触中，他的英俊潇洒、他的活泼开朗以及深邃蓝眼透露出的款款情意，都在时时撞击我这个怀春少女的心扉；而每一次的拉手和不小心的肢体碰撞，都会让我面红耳赤、芳心大乱，而他也会表现得手慌脚忙、不知所措。

一次，我们在寻找那位姑娘的路上，顺便走进塘坝子附近的仙女洞游玩。尽管洞内光线昏暗，但是我们还是看到那一个个形状奇异、妙趣横生的石笋、石柱、石花，也都为大自然的鬼斧神工而感叹。当我们快要转到另外一个洞口时，我的脚下一滑，整个人便要跌落水池。危急之时，他一把抓住我，然后用力往回一拉，我的整个身躯就扑进他那雄浑宽阔的胸膛。随着他双臂的有力一抱，我的头便紧紧贴在他的左胸，感受到那怦怦急跳的心竟然是那么有力，犹如优美的韵律让人沉醉，听着听着，便慢慢闭上了双眼。

我明白，这就是自己期待中的爱情。

17 / 神奇梦幻的优美传说

他用动情的言语告诉我：自己就是他最喜爱的东方女性，漂亮高贵、温柔贤淑，像家乡普罗旺斯的薰衣草淡雅幽香，令人神往而又回味。他在昏迷期间，虽然不能睁眼、不能说话，但是能听见我们母女的对话，能感受到我们对他精心的护理和照料。当他醒来睁开双眼时，立即就被我的美貌迷住了。

冬日的阳光透过山间金黄的银杏树叶，斑驳陆离地洒在洞口的地面。我们两人就在巨石之上，淋漓尽致地挥洒各自的情感，从那以后，附近山水溶洞、白鹿的老街、教堂和河边，都留下我俩牵手踱步的浪漫身影。路上，我给他讲述有关道教圣地葛仙山、漓沅山，漓沅治后鸿都观的故事，传说中的"唐玄宗宫廷戏班选址"一段最为优美。

相传唐玄宗天宝十四年冬，三镇节度使安禄山在范阳起兵反唐，所到之处犹入无人之境，很快攻占了洛阳、潼关。眼看京城长安危在旦夕，唐玄宗决定出京避难，并力排众议，采纳了宰相杨国忠的建议，把行宫安在成都。

唐玄宗即将告别长安时，回首金阙，泪流如注。高力士见了，赶忙上前安慰："皇上不要过分悲伤，而且国忠兄也说这只是暂时撤离，我们今后还会打回来的。"

唐玄宗以袖拭泪，说："今后虽然会回来，但是在这漫漫长夜的守望中，我再也欣赏不到梨园弟子们的轻歌曼舞了，尤其是我和玉环爱妃都特别喜欢的那支《霓裳羽衣曲》。"

高力士连忙躬身相告，说："叫梨园的弟子们一同去蜀不就行了。"

唐玄宗一阵苦笑，说："你说得容易，我开始也是这么想的，哪知今天早晨玉环去叫乐工们随行时，领班说那些平时百般谄媚的女伎，听说安禄山要打进长安了，一个个急忙收拾细软连夜溜走了，现在三百多名弟子逃走了一大半，甚至连那些经常受到赏赐的得意弟子也溜得无影无踪，真是树倒猢狲散啊。"

高力士又问："乐工教头走了没有？"

唐玄宗说："教头虽然没有走，但又有何用，只是表演《霓裳羽衣曲》就要一百多人啊。"

高力士忙说："有教头在就好办，从您昨天打算留下的那一千多个宫女中选出两百个来，与留下来的乐工们重新组成一个乐工班，不就行了。"

唐玄宗很是犹豫，说："这些宫女虽说也通音律，但平时缺乏严格训练，和专业乐工相比，技能相差太远。"

高力士说："宫女们平时虽缺少训练，但一个个都聪明伶俐，只要严加管教，短期内是能够出成果的。"

唐玄宗还是犹豫，高力士上前一步问："皇上还担心什么？"

唐玄宗说："这些新组织起来的宫女，天天随朕行军，白天疲于奔命，晚上困倦无力，还有啥时间排练节目？再者太白先生的《蜀道难》中说蜀地处处山高谷险，路径曲折崎岖,即使宫女们能够克服疲劳,挤出时间来排练,但是连行路都难的蜀地,又到哪里去找合适的排练场地呢?"

这个曾经遭受脱靴之辱的高力士,对李白一直耿耿于怀,听到皇帝又赞赏李白的诗歌,便心生怒火。他上前一步,对唐玄宗附耳谗言,说:"皇上你别听李白那小子胡说八道,蜀地'难于上青天'只不过是他哗众取宠、夸大其词的屁话!蜀地哪有那么多险地呢?其实成都周围是一个很大很大的平原,比我们长安所在的关中平原还要大得多。平原周围虽说都是群山,但也并不都很高峻。如果真如他说的那么惊险的话,也不会有'千里江陵一日还'了。"

唐玄宗一听,点头称是,又问高力士:"沿途能不能排练歌舞节目?"高力士连忙谦恭而答,说:"行军路上确实不好排练节目,不能每天都整修场地。不过,一旦把乐工们选配好,我可以让她们一路马不停蹄、昼夜兼程地赶往成都。同时再修书一封,叫驿马以给贵妃娘娘传送荔枝的速度飞奔成都,告诉成都地方官抓紧准备排练场所,待乐工们一到,便立即进行排练。这样,皇上和贵妃娘娘一到,就可以重新观赏那百看不厌的《霓裳羽衣曲》了。"

于是,唐玄宗进蜀时的一支特别先遣队——皇家乐工班,赶在陈玄礼统帅的六军之前,向成都急速开进。

乐工班一到成都,领班开口便问成都刺史:"排练场地准备好了没有?"

刺史回答:"准备好了,在离这里一百来里的葛仙山。"

领班一听便大发雷霆,说:"你为啥找那么远一个地方？这不是有意违抗圣旨吗？"

刺史见领班发怒，连忙叹气说道："现在的成都繁华无比，到处人头攒动，拥挤不堪。别说练功场地，就连你们这几百号乐工住的地方也没有。虽说郊区有东、西校场，但那是练兵的场所，兵士们每天操练，喊杀声动天震地，乐工们怎能静下心来排练？我听说皇上之所以把你们安排在梨园里，就是图有个清静舒适的环境。我给你们选择的葛仙山，便具备了这样的优越条件。"

领班一听，怒气消了一半，就让刺史带路，先去看看场地。

他们到了葛仙山上，见周围群峰耸峙，形似盛开的莲花，群山之中有一个宽阔的坝子，坝子边缘靠山的地方，依地势建了好几座庙宇。这些庙宇虽不及长安庙宇的辉煌宏大，但安排几百名乐工的食宿也绰绰有余。特别是那宽大的坝子，比长安的梨园还要大许多，只要稍加平整，便是上好的排练场地。这时，领班才感到刺史考虑问题确实周到，心中的怒气也就全消，同意暂时住在这里。

安顿好住宿后，那些从未长途跋涉过的宫女，一个个都疲惫不堪，横七竖八地倒头便睡。领班和教头尽管也很疲劳，但不敢懈怠——要在皇上到达成都之前重新排练出《霓裳羽衣曲》，现在就必须到附近村庄雇请民工，尽早修好练功场地。于是，两人又重新上马，向庙后的深山中走去。

两人来到一个群山环绕的小村庄，这里稀稀落落地散布着四五十户人家。村庄东北面的大山前矗立着一座雄伟的庙宇，一条清澈如玉的小溪，从庙宇后面那高大幽深的山林中流出，蜿蜒绕过村庄，奔向南面的深谷。

每户农家的门前院后，栽植着梨杏桃李和石榴枇杷；

篱边溪畔，簇生着兰菊蕉萝与鸢尾百合。田园里，处处蜂飞蝶舞；山林中，到处蝉吟鸟鸣。尤其是那林间画眉、黄莺的婉转歌鸣，更远胜皇上极其宠爱的那只鹦鹉的学舌之音。

看到这里，两人多日奔波的疲劳顿消。领班对教头说："那陶潜的桃源美景也不过如此吧！"

教头深深地吸了一口带着花香的清新空气，也由衷赞道："那是远远比不上这里！"

此刻，夕阳西照，一个银须老翁锄禾而归。他在村口看见两个陌生的骑马人后，很是诧异。

领班见老人惊奇，连忙彬彬有礼地上前向老人请安，并说明自己是来村里雇民工到葛仙山平整场地，问这里是什么地方？

老人也和蔼相告，说："咱们这个村叫漓沅治，村边那座庙叫鸿都观，庙后那座山叫漓沅山。"

领班一听这里也叫"梨园子"，顿时惊喜万分，再次用颤抖的声音向老人家求证。

老人懊恼地看了领班一眼，丢下一句"我这么大岁数了，还会骗你们不成？不信你俩去问问村里其他人嘛！"便扛起锄头走了。

领班看着佝老头进村后，忙对教头说道："这才是天意。'踏破铁鞋无觅处，得来全不费工夫'，想不到在这远离京城的深山之中，竟有与我们京城乐工班排练场完全相同的名字，真是上天的安排啊！"

教头本来就对这里的优美风光沉醉不已，也趁机劝说领班把排练场迁到这里来："如果皇上知道这里有这神赐的美景，肯定会特别高兴，说不定还会嘉奖我俩啊。"领班当即表示赞成，并马上回去做准备。

原来，领班和教头都把老人口中所说的"漓沅山"听成了"梨园山"，"漓沅治"听成了"梨园子"，并且认为这种巧合完全是上天的安排，是大唐不灭的象征，说明上天对长安充满无限深情。

从此，这里的道教名胜"漓沅治"，也就演变成了唐朝乐工的排练场——"梨园子"。那些美丽蹁跹的宫女，便在这里排练出一个个比《霓裳羽衣曲》更为精彩的节目，如《葛仙女》《大唐西蜀牡丹情》《彭古湔江》等，演绎出一个比一个更为曲折、更为离奇的古蜀故事，并在民间传诵至今。

接着，乔治·马丹也给我讲起拿破仑和约瑟芬的爱情故事，了解到这位总统夫人因为当初的不珍惜和背叛，而错失一生最美好的时光，注定自己的余生"满纸痛苦言，一腔伤心泪"，满是"此情只能成追忆"的落寞和悲哀。

我俩在美好的憧憬中，欢愉地过着每一天。我们开心的笑声，和着小鸟的鸣唱，也给母亲带来宽慰。

一次，我带着乔治·马丹再次来到上书院，希望能有幸遇见那位姑娘。但是到太阳落山，也没有奇迹发生。

正当我们准备回家时，一名传教士从成都回来，带给了乔治·马丹一条让他异常振奋的消息：家乡的战事已近尾声，法国政府号召家乡热血男儿拿起钢枪奔赴战场，配合盟军完成对德军的最后一击，一洗1940年5月"法国战役"的耻辱。

得知消息的乔治·马丹顿时热血沸腾。"法国战役"一直是每位法军将士心中的耻辱，当初他和父亲阿尔贝·马丹、大叔阿尔邦·马丹以及大叔儿子巴雷·马丹都被应召入伍，但是父亲和大叔均在作战中牺牲，哥哥巴雷·马丹也被炸断右手臂和右腿。从敦刻尔克撤退到英国后，乔治·马丹带着受伤的哥哥，经过多次辗转才回到自己的家乡。

停战后的法国南部相对安全，基本没有受到战乱的影响。乔治·马丹趁着这段时期，跟着三叔学习中文，并从他口中探得他在中国成都的一个古镇所偶遇的一段浪漫爱情。

看到坐在轮椅上的三叔，乔治·马丹勇敢地担当起为他寻找心爱姑娘的重任，于是来到中国，来到成都，来到这个龙门深山，和我不期而遇。

一切的美好都如昙花一现，再浪漫的爱情也没有留住这位有着强烈复仇雪耻之心的热血男儿。惜别之际，乔治·马丹将他挂在脖颈上的十字架取下，挂在我的胸前，然后紧紧抱着我，不停地在我耳边说着"我会回来，我会回来，你一定要等着我"的话语。

"我会一直等着你。"依依惜别，我的泪水湿透了他胸前的衣襟。谁知这一匆匆相离竟成永别，而他永远都不知道的是：自己留在我肚里的种子，却在慢慢生根发芽。

第二年中秋，我和乔治·马丹的儿子出生了，除了微卷的头发，全部遗传了我的基因。我给他取名"朱平安"，就是希望他能平安成长，同时期盼他的父亲能快点平安归来。但是事与愿违，直到二战结束，直到中华人民共和国成立，我和儿子都未能等到他的归来。而日夜盼望父亲回家的母亲却等来父亲早已在中国远征军赴缅甸的抗战中阵亡的消息，也在几个月的思念和忧虑中离世。

彭县政府成立后，我带着儿子到了白鹿乡小学担任教员。出于特殊原因，从儿子懂事起，我就告诉他，父亲和他爷爷一样，在抗战中牺牲了。从此，我们娘俩相依为命，艰难度日，直到改革开放后，才在杨大爷的帮助下，为平安定下一门亲事。

　　我的乖孙，我的辛辛，你们这一代是幸福的一代，奶奶看到你从小就刻苦学习、为人善良，也心有所安，相信你会成为一个对社会有用的人，更相信你会开心地工作和生活。能看到这封信，证明你已成亲组建了自己的家庭，也能证明你会处理好各方面的事务。奶奶经历了一段值得终生回味和铭记的浪漫爱情，只是苦了你的父亲，让他没有像其他小朋友那样骑在父亲的脖子上开心地大笑，去享受父爱庇护下的快乐生活。奶奶从来没有后悔过自己的选择，只是现在要请你转告你的父亲一声：奶奶对不起他。

奶奶　朱清菊
写于1994年中秋

　　看完书信，何小颖思绪万千，心生感慨，一点也没有想到自己钟爱的朱小辛竟会有那么复杂的身世。

　　"小颖，想什么呢？"就餐回来的美美看到静思出神的何小颖，扬起手在她眼前晃动了几下。

　　"啊，美美回来了。"何小颖收起信件和十字架，对美美说道，"我去最牛学校那里看看，有什么事情电话联系哈。"

　　何小颖踱步来到白鹿河边，在附近找了一个石墩坐下，拿出那枚银光闪闪的十字架，不停地抚摸着、瞧着、思考着。她静静地看着眼前的中法断桥，看着对面地震公园内遮天蔽日的百年银杏树，她和朱小辛携手相伴、漫步林中的幸福场景不停地浮现在脑海中。

　　午后时分，地震遗址公园仍旧人来人往，利用假期前来拍摄婚纱照的人群也是络绎不绝。刚刚拍完一对恋人的一组照片，德尼·马丹又带着顾客来到河边，将镜头对准白鹿断桥。

在调试变焦时，一个熟悉的倩影跃入镜头之中。

"是何小颖，她坐在那里做什么呢？嗯，好像是在专心地看着左手拿着的东西。"德尼·马丹带着一丝疑虑，不停地转动变焦，慢慢地，何小颖手里的物件也变得清晰了，"啊，是枚十字架，怎么那么眼熟呢。"

"这两个字母是什么意思呢？"远处的何小颖将十字架翻转过来，看着背面刻着的"M·D"字母若有所思。

"怎么可能！"当德尼·马丹从镜头里面看清那枚泛着银光的十字架背面还刻有"M·D"两个字母时，突然发出一声惊呼，便丢下正在拍照的客人，朝何小颖飞奔而去。

18 / 两场战争的创伤

"何小颖,把你手里的十字架给我看看。"德尼·马丹跑到何小颖跟前,将那枚十字架要了过去。

不过,她的心里很是纳闷:"他为什么显得那么焦急?这枚十字架跟他又有什么关系呢?"

"是真的,真是我们马丹家族留下的!"德尼·马丹将十字架翻来覆去地看了几次,惊喜地道:"何小颖,你手里怎么会有我们家族的十字架?"

"德尼·马丹,这可不是我的东西。"何小颖从德尼·马丹手里拿回十字架,仔细地用手绢包了起来,"这是我丈夫朱小辛他奶奶留下的遗物。"

当何小颖将包好的十字架放回小皮包时,又看到那封信。

"小辛奶奶,法国,乔治·马丹。"她看到眼前既惊喜又错愕的德尼·马丹,又联想起刚才信中的文字,突然明白了什么。

"德尼·马丹,你也来自法国,你看看这封信,是不是跟你有关?"何小颖连忙掏出书信,递给德尼·马丹。

德尼·马丹一目十行地浏览书信,看着看着,拿着书信的双手便不断地抖动起来。

"这个乔治·马丹，就是我的二爷爷啊！"德尼·马丹看完书信，禁不住泪流满面。

一旁的何小颖也是万分惊异，按照中国的传统称呼，眼前的德尼·马丹就是朱小辛的表弟。

影楼小工给德尼·马丹打来电话，说顾客还等着拍照呢。德尼·马丹马上给影楼老板说了自己的大喜事，让他再派过来一位摄影师后，给何小颖讲起他所知道的他们马丹家族所遭遇的伤心之事。

"马丹家族是法国普罗旺斯出名的医学世家，在第一次世界大战前夕，祖上还有阿尔邦·马丹、阿尔贝·马丹、阿尔芒·马丹三兄弟。按照你们中国的称谓，他们就是我的曾祖父，我是曾祖父阿尔邦·马丹的重孙。小时候，我从家人的只言片语中知道三曾祖父阿尔芒·马丹曾经被派到成都华西医科大学担任教师，兼职协和医院的医生，有过一段异国恋；而我的二曾祖父阿尔贝·马丹的儿子，也就是我的二爷爷乔治·马丹也到过成都，为三曾祖父寻找恋人。没有想到他未找到人，自己也在这里偶遇一段浪漫爱情。一战中，我的三曾祖父被炸断双腿。在二战中的'法国战役'，我的曾祖父阿尔邦·马丹和爷爷巴雷·马丹，二曾祖父阿尔贝·马丹和他的儿子、也就是我的二爷爷乔治·马丹都被应召入伍。但是，残酷的战争先后让我的曾祖父、二曾祖父牺牲，我的爷爷巴雷·马丹也被炸断右手臂和右腿。从敦刻尔克撤退到英国后，我的二爷爷乔治·马丹历尽千辛万苦，经过多次辗转，才带着他受伤的哥哥，艰难地回到自己的家乡。为了给家人复仇，以雪'法国战役'之耻，从中国匆匆赶回的二爷爷乔治·马丹，参加了盟军在1944年6月进行的诺曼底登陆，

在后来的欧洲第二战场中英勇牺牲了。他在白鹿的那段奇遇往事,也随着灵魂的升天被带进了天堂,成为永远的秘密。"

"小颖、德尼·马丹,你们在这里做什么呢?"

就在何小颖和德尼·马丹都还沉浸在马丹家族以及朱小辛奶奶与乔治·马丹之间那段浪漫的爱情故事中时,何小诚和顾小善带着顾爸爸、顾妈妈走了过来,有点惊异地向二人打了招呼。

他们也是在饭后休息了一会儿,出来四处闲逛,哪想会在这里遇见何小颖和德尼·马丹,而且两人还心无旁骛地交流着什么。

"哥哥、小善姐,你们过来了。"看到他们,何小颖马上迎上去,并将手中的十字架递给何小诚,跟他说起朱小辛奶奶留下的书信、十字架和刚才德尼·马丹讲起的马丹家族的事。

"真是奇了,这样的十字架,好像我也有一枚啊。"就在何小颖给何小诚说话的间隙,顾小善看了一眼十字架,觉得似曾相识。她拿过去仔细看了看,大吃一惊,"怎么会是一模一样的呢,而且背面刻着的字母都相同!"

"阿尔芒·马丹?乔治·马丹?德尼·马丹?"聪慧的顾小善从何小颖的话语中仿佛听出了什么。她看着眼前的德尼·马丹,听到何小颖口中的乔治·马丹,再回忆起祖奶奶信中所说的阿尔芒·马丹,而且都来自法国,突然在迷雾中解开了这个混沌的答案。

"德尼·马丹,你说你的三曾祖父叫阿尔芒·马丹?"顾小善问道。

"是的。"德尼·马丹说道,"我的二爷爷乔治·马丹就是为了帮他寻找恋人来到了白鹿。"

"我知道了!"茅塞顿开的顾小善异常兴奋地将自己发现的惊人秘密告诉了大家,"德尼·马丹,你知道吗?你和我,还有朱小辛,我们三人都是你们马丹家族的后人。"

当顾小善说完这句话时,何小诚和何小颖两兄妹、顾爸爸和顾妈妈两夫妇都陷入困惑之中。

"爸爸、妈妈。"顾小善看到不知所云的父母,耐心地给两人讲起祖奶奶的故事。

"真想不到,我们的奶奶竟然会有这么一段浪漫的爱情。"顾爸爸和顾妈妈听完后,内心唏嘘不已,"好在现在时代变了,上辈人的遭遇不会影响到后人的生活。不过,我们的奶奶还真是伟大,能够在一辈子的思念中顽强地撑过近百年时光。"

"想不到,想不到!"德尼·马丹伸出双臂,将顾小善紧紧抱在怀里,"小善,真是想不到,你竟然会是我的妹妹。难怪我会在偌大的川大图书馆,能坐到你旁边的位子。"

"德尼哥哥,也许这就是血缘的牵引吧。"顾小善轻轻地拍着德尼·马丹的后背,亲昵地道,"冥冥之中,自有天定。但是,我很想知道祖爷爷阿尔芒·马丹的一些情况。"

"他也是我的祖爷爷啊。"德尼·马丹说道,"我的二爷爷乔治·马丹牺牲后不久,他也在忧郁中离开了人世。"

"嗯,我想也会是这样的。"顾小善安慰着德尼·马丹,"不能与钟爱的女人厮守度日,终究是件遗憾的事。不过,我也为他们感到欣慰,在自己的生命中,竟然都有这么一位痴情的人,一直在遥远的地方思念着,那颗炽热的心,都在为对方跳动吧。"

"恭喜你们,亲人相见。"何小诚也走向前,抱住两人以示祝贺,同时还跟德尼·马丹开着玩笑,"德尼,你还和我公平竞争,追求小善吗?"

"去!"德尼·马丹朝何小诚胸前砸了一拳,"妹夫,她可是我怜爱的妹妹,你要是敢欺负她,我可要跟你拼命。"

说完,德尼·马丹笑着看向顾小善:"你说是吧,我的妹妹。"

顾小善脸一红,看着德尼·马丹:"哥哥,你就拿你的妹妹开玩笑。"

她又看向何小诚、自己的父母,还有一旁的何小颖,说道:"这也难怪,德尼当初那样觍着脸追我,没事就来缠着我,自己竟然还生不起来气,原来都是这个血缘在作怪。这世上,哪有妹妹能生哥哥的气嘛!"

顾小善向前两步,拉着何小颖的双手,痛心地道:"在最危急的关头,朱小辛挺身而出,英勇地救下德尼,他当时绝对想不到自己救下的竟然还是自己的弟弟。只可惜……"两人执手相望,眼里热泪不禁滚落而下。

"嫂子,往后余生,就由我这个弟弟来照顾你吧。"德尼·马丹也走到何小颖面前,信誓旦旦地说道,"还有小辛的父母,也是我的长辈,我一定会尽自己的全力,让他们安享晚年。"

说完,德尼·马丹便请大家一起到朱小辛家,他要当面向朱小辛父母做出保证,陪他们度过余生,一起过好幸福和谐的每一天,并请大家给他见证。

一行人又兴冲冲地来到朱小辛家,围坐在一起。何小颖将朱小辛奶奶的事慢慢向朱爸爸、朱妈妈讲述了一遍。

"怎么会是这样的啊!"朱爸爸、朱妈妈听完何小颖的讲述,一时不知所措。

"我一直以为自己的父亲死在了抗战前线呢。"尤其是朱爸爸,一时还没能接受自己的父亲竟然是一位法国男子的现实,按照现在的说法就是自己还是一个有着异国血统的"私生子"呢。

"爸爸,奶奶当初没有告诉你实情,这都是为了你好啊。"何小颖拉着朱爸爸一只手,安慰他说,"你们当时所处的时代,情况特殊啊,为了你能平安成长,才编造一段美丽的谎言。"

"朱老兄,你我面对的都是一样的情况啊。"顾爸爸说道:"当初小善的祖奶奶为了保护自己的儿子、孙子能健康快乐成长,也没有把自己那段浪漫美好的爱情分享给我们,而且将它作为个人隐私,告诉了重孙女。"

"是啊,朱爸爸,现在是和谐社会、法制社会,人们的观念、想法都和以往大不一样了。人与人之间都是平等的,大家都会互相尊重对方,和谐相处。"顾小善也轻声劝解着,"你知道吗?当我知道这些事情的真相后,真的是感到欣喜万分呢。按照辈分来说,你和我爸爸是表兄弟,我爸爸是你的表弟,我该称呼你一声'表叔',我们两家还是真正的亲戚啊。"

"你们也是我的表叔、表婶。"德尼·马丹走向前,带着一颗真诚的心,朝坐在沙发上的朱爸爸、朱妈妈跪了下去,"是小辛表哥用他的命换回我的命,我一定会同你们的亲生儿子一样孝敬你们、赡养你们,陪你们到老。"

"这故事真像电影里面的情节啊。"何小诚更是忍不住说道,"各位长辈、兄弟妹妹,看来今天注定是个好日

子。你们就在家里慢慢叙旧，我和小颖出去买点菜，然后回来做饭，晚上大家就一起庆贺一下亲人的相聚吧。"

德尼·马丹按捺不住内心的惊喜，将自己的经历用电话告知远在法国普罗旺斯的父亲弗朗索·马丹。

欣喜万分的弗朗索·马丹收起电话，抱着身旁的妻子就是一阵狂吻，一边吻着，一边将喜讯分享给自己深爱的太太。

接着，他又走进一间寝室，将躺在床上的父亲巴雷·马丹抱起来，放在一辆轮椅上。

因为在二战中被炸断腿和手，巴雷·马丹一路在侄儿乔治·马丹的帮助下辗转回到家乡。战争结束多年，他才与当地一名姑娘结了婚，然后有了弗朗索·马丹，为马丹家族续下根脉。

弗朗索·马丹推着轮椅，来到屋后不远处一个小山丘。这里便是马丹家族先辈的埋葬之地。他的太太跟在后面，拿起手机拍摄着视频，然后发给德尼·马丹。

德尼·马丹收到妈妈发来的视频后，马上展现给众人观看。

德尼·马丹看见自己的爷爷和父亲静静地站在家族亲人的墓碑前，两人的左手紧紧攥着一枚刻着"M·D"字母的银色十字架，右手不断地在胸前画着十字，然后虔诚地鞠上三躬。虽然一言不发，但他从他们满脸纵横的泪水里读懂了其中的寓意。他深知两次世界大战给自己家族带来了深重的创伤，那些血腥的场面和家族遭遇的灾难，早已铭刻在爷爷的心中。当他们得知家族的根脉竟然在万里之外的白鹿古镇开枝散叶时，自然是欣喜万分，激动不已，为这来之不易的上帝恩赐深感庆幸。

大家激动地看着视频，也为马丹家族的遭遇而难过。

随着德尼·马丹妈妈镜头的延伸，众人被普罗旺斯小山庄的美景所折服。

"他们那里也是山村呢。"

"还有成片的薰衣草、向日葵。"

"还有人在收割薰衣草。"

"嗯，我们那里就是薰衣草的故乡。"德尼·马丹在一旁给大家解释，"今年可能气温偏低一点，所以收割的时间有点延后。"

"好美啊！"顾小善也感叹道。

"妹妹啊，哥哥以后会带你回去看看的。"

此刻，大家一扫阴霾，完全沉浸在了无限的欢乐和喜悦之中。

晚餐时，德尼·马丹也将大家欢聚的场面，连同饭后一起在白鹿街上散步的场景拍摄了视频，发给了妈妈，让远在法国的亲人一同分享家人的欢聚。

19 / 被爱融化的坚冰

随着"新丝路CCTV网络模特大赛总决赛选手亮相白鹿主题婚纱秀""中国成都·彭州龙门山国际山地户外运动挑战赛""中国·成都（彭州）生态运动季暨龙门山国际户外生态三项赛""彭州市国际友城艺术家来彭州白鹿采风活动及'白鹿音乐小镇艺术家联盟'的成立""成都国际友城青年音乐周彭州分会场——白鹿""成都市第三届古镇艺术节""白鹿·法国古典音乐艺术节"和"第十一届中国音乐金钟奖（四川赛区）颁奖晚会"等活动在白鹿的相继举行，这里渐渐声名鹊起。良好的生态环境和优美的自然风光，不但吸引着世界各地的艺术家、运动员、音乐人走进白鹿镇，更让众多的国内外游客趋之若鹜，流连忘返。中国著名诗人流沙河"白鹿渺渺随仙惟古镇鹃啼依稀蜀韵，丹花盈盈语客有教堂诗唱仿佛欧风"的题词，便是对这里的美好场景进行了恰如其分的生动刻画。

看到家乡的如此变化，何小颖对未来充满信心，工作更努力、更细心了。自从担任镇经济发展办公室主任以来，她几乎每天都是早出晚归。

朱爸爸和朱妈妈看在眼里，急在心里，看着她日渐隆

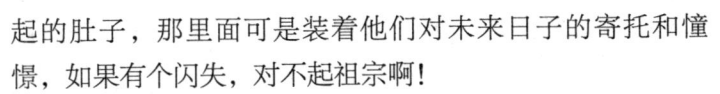

起的肚子，那里面可是装着他们对未来日子的寄托和憧憬，如果有个闪失，对不起祖宗啊！

德尼·马丹也是非常担心嫂子。他通过中法友好交流协会，对白鹿的发展做了很多推进工作，在工作中和何小颖更有不少接触。他一边佩服她认真的工作态度，一边又为她的过度操劳而忧心。每每看到她忙碌的身影，他总想为她分担点什么，但是那个奇怪的想法刚一萌生，又让他马上否定了。

一天深夜，德尼·马丹还留在影楼制作一批婚纱照片，突然，一旁的电话陡然响起。

"德尼，你嫂子情况不太好。你能过来一趟吗？"接起电话，便传来朱爸爸焦急的声音，"她坚持要等她哥哥过来送她去医院，我怕时间长了出问题啊！"

德尼·马丹一听是何小颖有情况，当即放下手中的活，就往朱爸爸家跑去。

"德尼，小颖肚子疼得厉害，还上吐下泻的，要赶快送医院啊。"他刚一进门，朱妈妈就将他带进何小颖的房间，"等她哥哥赶来，还要很长时间，我们怕等不及，只有喊你过来帮忙了。"

"你们放心，她是我嫂子，我理应出力。"德尼·马丹看到痛得满脸大汗的何小颖，心里很是难受。如果他的表哥朱小辛还在，她也不会强忍到现在才将自己得病的事告诉公婆，朱爸爸也不会在深更半夜通知他过来帮忙了。

德尼·马丹让朱妈妈找来一床毛巾被盖在何小颖的大肚上，然后将何小颖抱了起来，急匆匆地奔向医院，身后的朱爸爸紧紧跟上。

尽管朱爸爸家离白鹿镇医院不远，身强力壮的德尼·马丹在将何小颖送进急诊室时，仍然累得气喘吁吁。

等到医生做完检查,给何小颖打上点滴,他还在一旁摇着双手喘息。

"虽然是正常的妊娠反应,但是也是不良饮食和过度劳累引起的。"医生过来对朱爸爸说道,"何主任已经怀孕快半年了,这期间要特别注意饮食和休息,要是因病引发流产,那可不是小事。"

过了半个小时,何小诚驾车赶到医院,看到妹妹相安无事,连忙向德尼·马丹握手致谢:"多亏你帮忙了。"

"妹夫,这是应该的,她也是我嫂子啊。"

"小颖,大家都是亲人,你也不要不好意思。"然后,何小诚又俯身安慰着妹妹,"时间就是生命,要是哥哥赶不过来咋办?"

"哥,我知道了。"何小颖小声嘀咕了一句,然后又向着朱爸爸和德尼·马丹说道,"爸、德尼,你们回去休息吧。"

"那你安心养病,我明天再来看你。"德尼·马丹满带怜爱地说道。

"嗯,你们路上小心点。"何小颖看着眼前的德尼·马丹,想起刚才他不顾一切地抱着自己奔向医院的情形,脸上陡然生出一片红晕,连忙垂下眼帘。

德尼·马丹和朱爸爸离开病室的一刹那,他一想起何小颖脸上的羞红,内心猛然弥漫出一种万般不舍的情绪。

今晚注定是一个难眠的夜晚。

回到影楼,躺在床上的德尼·马丹思绪万千,始终无法入眠。他细细回想起先前自己抱何小颖去医院时,她面部表现出的那种欲拒却又无奈的情形;他抱起她时看见她脸上泛起的红晕;当自己累得放慢脚步时,何小颖主动伸出双手,钩住自己的脖颈,以减轻身体负重时,突然萌生出想要照顾她一辈子的念头。

"她也是一个弱女子，需要得到更多的关心。要不是哥哥因为救我牺牲，此刻陪伴在她身边的就是哥哥，两人你侬我侬，那是多么幸福的事啊，可惜……她那么靓丽、乖巧，工作能力超强又求上进，不正是自己心目中钟爱的女性吗？当初不顾一切地追求顾小善，不也是因为她漂亮大方、活泼可爱、有事业心吗？哪想她会是自己妹妹呢。对，为了自己的追求，为了何小颖以后一生的幸福，也为了报答哥哥的救命之恩，我必须用自己的余生，用心用情照顾好他一生所爱之人。"德尼·马丹望着窗外的点点繁星，辗转反侧。只要一闭上眼睛，他满脑子都是何小颖那楚楚可爱而又让人怜惜的模样。可是，何小颖是现代女性，又是嫂子，如果将自己拒之千里怎么办？

"不行，我发现自己已经深深爱上何小颖了，她已经在自己的心里挥之不去。我不能再失去她，一定要用自己的真情去打动她，就算是一块坚冰，我也会用自己的温热去慢慢融化。"

"搞定！"德尼·马丹猛然起身，然后在手机上打开中国国际航空公司机票购买界面，鼓捣一阵后，心情愉悦地说道。他的手机屏幕上，还显示出"支付成功"四个字。

"哎，真是可怜了这个女孩啊。"与此同时，回到家中的朱爸爸也痛惜地对朱妈妈说道，"失去儿子固然心痛，但是一想到小颖这么好的一位姑娘还未进门就开始守寡，我这心里难受啊。"

"可不是吗？睹物思人啊。我也经常看见她盯着结婚照发愣、暗自落泪呢。"朱妈妈同样担忧，"我知道她拼命工作就是想让自己暂时忘记这些不快的事，但是这些

事岂能说忘就忘，尤其她一个人独自面对那些熟悉的东西时，肯定会更加痛苦的。"

"我们也不能太迂腐、太自私，帮她重新找个能陪伴一生的爱人，让时间去慢慢冲淡现在的一切，或许是个好办法。"于是，两人一起开始为何小颖谋划未来。

医院病房内，何小诚和何小颖更是毫无睡意，坦诚相谈。

"小颖，小辛这都去世好几个月了，你就没有想过……"

"哥，我知道你想要说什么。"何小颖未等何小诚的话说完，就打断了他，她不愿意听哥哥说完后再拒绝，让他难堪，"我知道你的好意，是为我着想。但是我心里还容纳不下任何人。"

"小颖，你这样一个人实在是让我和妈妈担心，总不能……"

"哥，你们放心，我会照顾好自己，也会照顾好肚里的宝宝，他可是小辛哥留给我的一生念想啊。等他出世后，我会好好带他长大，告诉他父亲是怎样一个好父亲，会把他培养成为像他父亲那样的人。"何小颖打断何小诚，转而劝起了他，"我说哥哥，你也老大不小了，你就不能早点结婚，将小善嫂子娶回家？"

"哥在劝你呢，你怎么反而说起我了呢。"

"我看得出来嫂子很爱你，她肯定等你开口，盼着早点娶她呢。人家是女孩，肯定要矜持一点，总不能让人家求着你娶她吧。"

"这你就不必替哥哥操心了，等条件成熟，哥哥自然就会提出的。"

"那你要等到啥时候？哪天我劝嫂子另寻帅哥了哈。"

就在两兄妹谈兴正浓时，病房门"吱嘎"响了一声。

原来是睡不着的朱爸爸和朱妈妈熬好粥,盛在保温桶里,提到了医院。

"爸、妈,你们这么早就过来了,都不多睡睡。"何小颖看见朱爸爸和朱妈妈走进病房,连忙停止和哥哥的调侃,招呼着两位老人。

"你们说什么呢,兴致那么高。"朱爸爸看见何小颖的神态,心里的石头也落了地,"小颖,看来你已经好多了。"

"好什么好,还是趁这个机会多休息两天吧,等会儿我去镇上给你请假。"朱妈妈麻利地打开保温桶,拿出带来的几个饭碗,一一盛满后递到每个人手里,"我们有准备的,够几个人喝了。"

"小颖,刚才和哥哥说什么呢,那么高兴。"朱妈妈递碗给何小颖时,又顺着朱爸爸的话重新提起。

"妈,我在说哥呢。说他再不向小善嫂子求婚,我就劝她重新找个帅哥了。"

"你就喜欢和你哥开玩笑,人家两个一看就是天生的一对,情深似海呢。就像当初你和小辛一样,都让周围的人羡慕啊。"

见朱妈妈提起儿子,正在喝粥的何小颖马上就放下了手中的饭碗,眼眶噙满泪水。

"你这老婆子怎么哪壶不开提哪壶,小颖还在吃饭呢。"朱爸爸见状,连忙劝道,"小颖,别听你妈的,趁粥还热,赶快喝了它,然后好好休息。"

"对啊,小颖,你看两位老人对你多好,天都还没有亮,就熬好一锅粥给你送来,赶快喝了吧。"何小诚也开导着自己的妹妹。

何小颖一手接过哥哥递过来的纸巾,擦干泪水,然后

145

喝完粥,将空碗递给朱妈妈。

"小颖,你别怪妈多嘴。爸妈失去儿子有多伤心你是知道的,时间已经过去好几个月了,我们也慢慢熬过来了。但是,我们不忍心看到你再难过了。"朱妈妈收拾好碗筷,又坐到病床上,握着何小颖的双手拉起家常,"我和小辛他爸知道你对小辛的感情,但是我们不能总缅怀过去,生活始终是要向前看的,是要过得快快乐乐的。你开开心心的,对胎儿的发育有好处,爸妈也高兴,那毕竟是我们的孙子啊。小颖,如果有合适的人,你也要认真考虑一下,给孩子一个完整的家庭,对他的成长才有益,这也是你爸的意思。"

说完,朱妈妈将眼光投向朱爸爸。朱爸爸用鼓励的眼神看着何小颖,用力地点了两下头。

"你看,小辛的爸妈多开明。"将朱爸爸、朱妈妈送出病房,何小诚接着刚才的话题说道,"小颖,你是该好好想想了。毕竟有很多事情,亲人和朋友都无能为力,也无法帮忙。有一位知冷知热的爱人,才会彼此体恤照顾,才能有幸福的生活。"

何小颖看着哥哥,回想着朱妈妈的话语和朱爸爸的眼神,陷入了沉思。

半个月后,德尼·马丹从法国回到了白鹿。同时,他还办好了加入中国国籍的手续,将户口迁至朱爸爸家,并改名为朱德尼。

20 / 白鹿山的浪漫故事

血脉相连，朱爸爸和朱妈妈自然是将朱德尼的心事看得清清楚楚，更想尽快促成他与何小颖的好事，让孤单的何小颖得到关心与照顾，给她未来的孩子一个完整的家庭，也让一家人和谐相处，其乐融融。何小颖上下班，都是由朱德尼负责送接，路上可以多聊聊天；两人在家煲好鸡汤，也尽量让朱德尼抽空送到何小颖办公室……

随着时间的流逝，就连何小颖的同事和朋友都看出了朱德尼的细心和真情，无不鼓励她勇敢地接受新爱，嫁给这位阳光、帅气的小伙。

"何主任，我看德尼的眼神，透出的全是爱意呢！"

"一个温柔贤惠，一个俊朗潇洒，真是天生的一对。"

"何主任，你就接受他的求爱嘛，这样我们以后就可以跟着你去法国浪漫一回了。"

朱德尼离开办公室后，她们便和何小颖开起玩笑。

"他可是我弟弟哈，要不，我给你们介绍介绍。"何小颖明知她们的真心，却做出反击模样。只是说话之间，面部已飞出红晕，脸颊微微发热。她也时常在心里问自己："难道，我真把他当弟弟对待了吗？"

"但是人家根本不拿正眼瞧我们呢,德尼的眼里就只有你这位西施啊,真希望能早点吃上你们的喜糖。"她们酸酸的话语也饱含希冀、祝福。

欢乐的时光也就在谈笑中度过。

"小颖,我知道你们这里大年初一有登高的习俗,我陪你去登登白鹿顶吧。来白鹿那么久了,我还没有去过呢。"正月初一,朱德尼很早就来到朱爸爸家,敲响何小颖的房门。

"小颖,你就陪德尼走走吧,多运动对胎儿的发育有好处。"朱妈妈也在一旁说道。

"就是就是,我和你妈马上要去天台山烧香祈福,你们就去附近转转吧。德尼,一定要照顾好小颖啊!"朱爸爸附和一声,说完便拉着朱妈妈出门了。

车过关沟村,一座矗立于浅山环抱之间、形如覆钟的山峰,便出现在朱德尼眼前,山顶白雪依稀可见,在阳光下熠熠生辉。为了照顾好身怀六甲的何小颖,他尽量将车开到不能再前行的地方。也许是习惯了上山烧香祈福,附近的村民都赶往附近天台山和丹景山了,此时的白鹿山下,就只有他们两人了。

"你看它的形状,就知道我们为什么称它为'金钟'了。"踏着山路上的薄霜,何小颖给朱德尼讲起白鹿顶的故事。

"白鹿顶是白鹿山的最高峰,海拔1785.4米,位于通济、白鹿两镇交界处,白练般的白鹿河由北向南迤逦而过。它的北面是天台山,西南面是丹景山,三座山峰呈现三足鼎立之势。登临绝顶,可近看川西平原的秀丽景色,也可以远眺九峰山、太子城、狮子王峰,环望周边的漓沅山、葛仙山、牛心山等,是彭州最佳的观景平台。白鹿顶

还是避暑胜地，20世纪初中国西部地区有很多传教士都要聚集到白鹿上书院进修，尤以法国传教士居多，他们还在山顶上修建别墅等建筑，在这里避暑。"

继续前行，山上林木愈加葱茏，树叶上堆着白雪，远处山峦银装素裹，尤显宁静、安详。此刻山风微拂脸颊，鸟鸣清脆悦耳，两人在原始森林中穿梭，仿佛置身于一个浪漫的童话世界。

"你知道吗？古人都把我们的白鹿山和漓沅山称为'仙山'呢。"何小颖一路在朱德尼的悉心照看下，为他讲述着那段动听的白鹿仙山故事。

"白鹿境内的白鹿山、漓沅山，历来便是充满仙气的神秘之地，不少知名人士慕名而来，到这里修仙悟道，春秋战国时期的范蠡就是其中一位。

"他在帮助越王勾践战胜吴国后，便弃政经商成为一个腰缠万贯的富翁，其财产更是'三散三聚'，成为商界美谈。他想得到长生不老之方，能一直过着逍遥自在的神仙日子。

"他开始周游列国，四处寻找那些仙气很浓的名山。一天，他偶然想起自己在吴国做人质的时候，听到一位江湖异人说古蜀国境内有座叫'白鹿山'的仙山，山中长有神草，吃了就能升天。

"于是，他带上银两，翻山越岭、昼夜兼程来到古蜀国的彭州，在一位仙风道骨的老人指引下找到白鹿仙山。来到山中，他看到这里林木茂盛、溪水淙淙，花香鸟语、云涌峰浮，顿时感受到了人间仙境的美妙。

"在这个修仙悟道的上乘之地，范蠡找了一个干净清爽的山洞，静心地住了下来。白天，他在山野林间寻找神草；晚上，就在洞里和衣而睡。几天过后，他几乎踏遍了整座白鹿山，可是却连神草的影儿也没见到，即使他没有找到神草，那日子也过得优哉游哉，还是每天不厌其烦地在山林中寻找。

"一天深夜，山洞外突然传来几声猛兽的吼叫。他忐忑不安地走到洞口一看，发现在离洞口七八米远的草丛中，骇然站立着一只白额老虎，眼里泛着荧荧绿光，朝着他吼叫。是不是他白天在山林间寻找神草惊动了老虎？他出现在洞口，老虎看到他后，就猛扑过来。

"范蠡惊叫一声，仰身倒地，心想自己肯定成了老虎的果腹之物了。可是当他清醒过来，从地上爬起时，看到一头白鹿正在跟老虎搏斗。瘦小的白鹿虽然不是老虎的对手，但是却身手灵巧，边斗边跑之间便引开老虎，让心惊肉跳的范蠡转危为安。

"回到洞里，范蠡双眼一闭，脑海里不断浮现出那头白鹿的瘦小身影。冥冥之中，他看见白鹿朝他走来，说道：'范大夫，我知道你来白鹿山是为了寻找神草。'

"范蠡惊讶万分：'我这大老远地跑到这里，它咋晓得我为何而来呢？难道它是一头神鹿？'

"于是，他敞开心扉说道：'神鹿、神鹿，那你知道神草在哪里吗？能告诉我吗？'

"白鹿说：'我当然知道神草生长的地方，这山上有一朵火莲花，八百年盛开一次。莲花开放的时候，在夜间会发出一道道荧光，那就是寻找神草的最佳时间。'说完，它就不见了。

"'神鹿、神鹿！'范蠡猛一伸手，想拉住它再问点什么，才发现是南柯一梦。他睁开惺忪的睡眼，发现洞内空空如也，只有那盏油灯仍在石台上发着幽幽的光。'哎，都是我寻草心切，才有这样的梦境啊。'他自我解嘲地笑着说道。

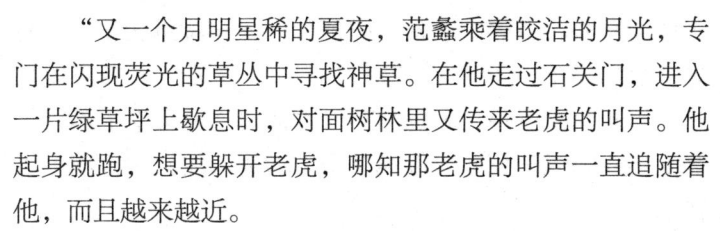

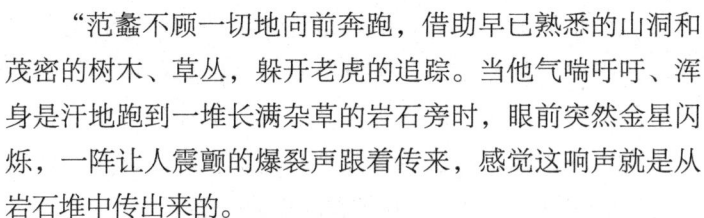

"又一个月明星稀的夏夜,范蠡乘着皎洁的月光,专门在闪现荧光的草丛中寻找神草。在他走过石关门,进入一片绿草坪上歇息时,对面树林里又传来老虎的叫声。他起身就跑,想要躲开老虎,哪知那老虎的叫声一直追随着他,而且越来越近。

"范蠡不顾一切地向前奔跑,借助早已熟悉的山洞和茂密的树木、草丛,躲开老虎的追踪。当他气喘吁吁、浑身是汗地跑到一堆长满杂草的岩石旁时,眼前突然金星闪烁,一阵让人震颤的爆裂声跟着传来,感觉这响声就是从岩石堆中传出来的。

"他使劲揉揉双眼,重重拍着耳朵,金星仍然闪烁,爆裂声仍在耳边响起;再仔细一瞧,眼前全是刚刚绽开的莲花,错落有致的莲瓣闪闪发光。

"'莲花盛开了!'他一声惊叫,马上明白自己碰到了八百年一遇的大机会,那呼声也在山林间此起彼伏,久久回响。

"'神草!这一定是神草!'范蠡从极度的兴奋中清醒过来,发现右前方的一株莲花,从莲瓣边长出一棵发着莹莹蓝光的野草,一缕淡淡的芳香扑鼻而来。

"他兴奋地跑过去,正要伸手采摘神草。那只老虎呼啸一声从斜里冲出,朝他扑了过来。

"他这才明白有神草的地方自会有猛兽护佑,而这只老虎一直跟自己过不去,肯定就是它的守护者;或许这只老虎也一直在等待莲花盛开,好采摘这棵神草,吃了变为神兽,能上天入地、延年益寿。自己虎口夺食,这只老虎焉有不护之理。

"范蠡吓得就地一滚,马上跳到一块巨石后面躲起

来。老虎正要再次扑腾,突然白光一扫,那只白鹿又闪现在老虎面前。当老虎准备扑向范蠡时,它就用鹿角顶向老虎身后;当老虎转身过来对付它时,它又马上灵巧地躲开。如此两次三番,老虎急得恼羞成怒,便丢下范蠡,想要先将白鹿置于死地,以绝后患。而灵巧的白鹿也终于引开了老虎。

"趁此间隙,范蠡如愿以偿地摘下神草,接着连茎带叶送入腹中。片刻之间,有阵阵香气从他口中传出,跟着肚子里发出'轰轰'的雷鸣声音。就在他惶恐不安、担心吃了有毒的东西,要去寻找其他草药解救时,突然发现自己的步子变得非常轻盈,有种飘飘欲仙的感觉。

"'难道这就是吃了神草的功效?'他接连试了几次,发现只要自己一提真气,身子就变得身轻如燕,离开地面在空中飞行;气沉丹田后,又会缓缓落地。他再细看四周,哪里还有什么莲花?眼前全是黑乎乎的山林,依旧如自己来时的模样,唯一不同的就是自己能升天落地了。

"范蠡知道自己能吃上神草,全靠那头白鹿的数次解围。他想马上找到白鹿,当面报答它的恩情。

"接连几天,范蠡一会儿飞在半空中寻觅白鹿的身影,一会儿在山林中查找白鹿的踪迹,但始终未有发现,一度担心那头白鹿成了老虎的美食。

"一日清晨,他在无意之中又来到以前到过的石关门那片草坪,看见不远处的山脚下,有一片楠木林,有两棵树尤其高大,两树之间长着四季常青的野草藤叶,将山体遮掩。恍惚之间,他似乎看到有道白影在那里晃动了一下。

"范蠡急奔向前,拨开那些藤叶野草后,才发现里面竟然是个山洞。

"'有人吗?'他轻轻走进山洞,看见洞内点着青灯,四处干净、明亮,没有一丝阴湿之气。

"不一会儿,从山洞的拐角处传来一阵轻盈的脚步声,跟着走出一位不食人间烟火的白衣少女,亭亭玉立,举手投足之间,美得让人窒息。

"'请问姑娘,刚才是不是跑进来一头白鹿?'范蠡连忙掩饰住自己内心的慌乱,双手抱拳,向她施礼相问。

"谁知少女躬身回礼后,朱唇轻启,微笑道:'不知范大夫因何寻找白鹿?'

"范蠡惊道:'我与姑娘素不相识,何以大夫相称?'

"少女又道:'范大夫吃下神草,为啥还不升天?'

"范蠡更惊:'姑娘怎知我的事?'

"'我就是那头白鹿啊。'少女最终揭开谜底,对范蠡说,'我在白鹿山修行了三千多年,也吃了神草,变成白鹿仙姑了。我要保护好这里的一切,不能让无辜的人受到野兽的伤害。你能吃上神草,说明你也是有仙缘的人。'

"范蠡顿时睁大了眼睛:'原来你是白鹿仙姑,多谢你的帮助了。'

"此刻,红日初升,彩霞满天,阳光透过层层叠叠的树叶,斑驳陆离地洒在洞里。白鹿仙姑拉着范蠡的手,来到山洞前那片绿色草坪上,然后双脚向下一蹬,两人便轻轻飞起,徐徐升到半空之中。

"范蠡向下俯瞰,见周边的山峰层峦叠嶂、白云缭绕,于是感触地道:'真是一座仙山啊!'

"'范大夫为何依恋这里?'白鹿仙姑笑着问道。

"'这么一个神奇旖旎的地方,谁都会依依不舍的。'

看着蔚蓝的天空，飘浮在山间的朵朵祥云，再看看青翠黛绿的俊美山景，范蠡由衷感叹，最后看着白鹿仙姑，情意绵绵地说道，'更何况，还能遇上你这么一位让人迷醉的仙姑。'

"'好个甜言蜜语，不理你了。'白鹿仙姑当即两颊绯红，眼目低垂，翩翩然竟自娇羞而去。

"此后，范蠡每隔一段时间都会来这里游玩。据传，他还携带西施和数名暗杀吴王夫差的美女杀手在白鹿山隐居度日，留下很多美丽传说；他也曾邀约老子、庄子等学者来此修仙悟道，所以给后人留下踪迹，被后世尊称为'老祖天师'的张道陵分别在狮子峰和漓沅山修建阳平观、漓沅治，创立道教。"

"想不到，这里的优美故事真是太多太多了。"朱德尼听完何小颖的讲述，感慨地道，"我能移民到这里，真是万幸。要是没有战争，我的祖爷爷、二爷爷也长期生活于此，那是多么美妙、多么惬意的事啊！"

"清代著名诗人贺维翰在《登白鹿顶》中写道：'我彭山势何崔嵬，九峰蓥华并天台。天台迤北白鹿顶，峰峦秀出无尘埃。玉垒诸峰排笏近，峨眉金顶遥相陪。东山远约亘绵雒，西南峻岭起邛崃。'这算是对此人间仙境的真实写照了。"

何小颖还沉浸在刚才讲述的故事情节之中，脚步移动的时候，她不慎踩上路边被冰雪覆盖的一粒小石块，身体猛然向后倒下。

21 / 浪漫的"情人节"

危急时刻,身旁的朱德尼先是伸出左手扶住何小颖的后腰,然后,他又伸出右手,环抱在她后背。

惊诧万分的何小颖一时不知所措,愣愣地看着朱德尼,脸颊渐露红晕。

朱德尼双臂用力,又将何小颖身躯往自己身前贴近。

静谧的雪松山林,只能听见两人"怦怦"的心跳声。

良久之后,朱德尼慢慢捧起何小颖的头,俯身吻住她的樱桃红唇。

何小颖的身子一阵战栗,她知道是自己深藏已久的爱情种子又重新"破土发芽"了,也在不自觉中用力回应着朱德尼的热情,尽情释放心中积压已久的情感。

此时无声胜有声。

"小颖,我是真的喜欢你,愿意和你长相厮守,直到永远。"耳鬓厮磨之间,朱德尼发出内心动情的话语。

"德尼,真是难为你了。"一阵窒息之后,缓过气来的何小颖知道自己可以放下心来,接受他的追求,开始尝试一段新的爱情了,她看着朱德尼真诚的眼神说道,"从你办理移民手续,改名落户白鹿那一刻起,我就知道你的真心。只是，我的身份……"

"我明白有很多顾虑让你犹豫不决，甚至不惜扼杀个人情感，牺牲掉自己一生的幸福。但是我会一直坚持，爱一个人，就要爱她的全部，包括所有的缺点。"朱德尼坚定地说道。

"德尼，谢谢你。"何小颖又扑到朱德尼胸前，接受他的拥抱，聆听他的心跳。

"小颖，你知道吗？看到你们亲人相聚，和谐相处，我曾经也想快点回去陪伴自己的家人。"朱德尼紧紧抱住何小颖，给她讲起自己最近的经历，"当我知道自己家族还有这么多的后人在这里时，我的内心非常兴奋。这里也是我的家啊！我回到普罗旺斯，将自己的想法告诉父母、爷爷，他们都很高兴，十分支持我的决定。看到我回家，日思夜想的爷爷在当天夜里就在睡梦中含笑离开人世了。安葬他的时候，父母告诉我，爷爷得知在中国的白鹿还有马丹家族的后人时，真是喜不自禁、老泪纵横；而他们意外怀了一对双胞胎，而且极有可能是龙凤胎。所以，以后有弟弟妹妹陪着他们，我就可以更加放心地移民了。"

"爷爷去世了？"听到这里，何小颖抬头问道，"你都没有告诉我们一声！"

"看他离开时嘴角的笑意，感觉他很安详。"朱德尼看着何小颖继续说着，"我和父母没有告诉任何人，只是按照家族礼节举行葬礼后，我办好移民手续就尽快赶回中国了。"

"这相隔万里的，你是不想麻烦我们。但是你应该告诉这里的家人，让他们知道此事，这样，我们也能安慰安慰你和父母，尽到亲人的礼数。"

"嗯，是我考虑不周，要请你们原谅了。以后，不管大事小事，我都会及时告诉你们的。"

天空飞起雪花，又是瑞雪兆丰年。朱德尼细心扶着何小颖，慢慢走下白鹿山。

2月14日是西方传统的"情人节"，声名远播的中法风情小镇白鹿，自然吸引了无数情侣前来观光，留下浪漫足迹。

不少慕名而来的年轻情侣来到"白鹿·普罗旺斯"影楼，指名道姓要首席摄影大师德尼·马丹为其服务。

朱德尼一刻不停地忙到下午一点，匆匆吃了午餐，便将下午的拍照业务交给助手。他悄悄走进附近一家被玫瑰花和鸢尾花簇拥的"尼姆小院"西餐厅，又在这里忙碌着。

晚上六点，朱爸爸和朱妈妈带着何小颖，还有何妈妈、顾爸爸、顾妈妈、何小诚、顾小善等人一起来到这家西餐厅，准时等候在门前的朱德尼彬彬有礼地将大家带进"薰衣草"大包间。

整个房间被数十支大蜡烛照得通明，偌大的圆桌中间放着一个玫瑰花和百合花的花篮，盛开的花朵正散发出阵阵沁人幽香，旁边摆放着两瓶朱德尼从家乡带来的葡萄酒以及一瓶贵州茅台、一瓶五粮液，每个座位前摆放着精致的餐具，一份牛排、一份沙拉，还有白果炖鸡、卤肉拼盘、川味小炒等几份中餐，一曲轻柔、舒缓的钢琴曲在房内弥漫。

"今天这些菜品都是我自己借用这家西餐厅的场地张罗的，一是请大家来品尝一下我的厨艺，二是庆贺自己取得中国国籍，成为朱家的一员。"朱德尼按照每个人的选择，吩咐西餐厅几名年轻服务员分别给朱爸爸斟上五粮液、给顾爸爸和何小诚斟上贵州茅台，给他和几位女士倒上红酒，然后一起举杯开怀畅饮，共话乡味趣事。

在大家都兴高采烈之际，朱德尼让服务员关闭音响，

然后从怀里掏出一个上面刻印着"CHAUMET"（尚美巴黎）字母的盒子，慢慢走到何小颖面前。

他小心翼翼地打开盒子，用右手拿出一枚钻戒，然后右腿单膝跪地，左手扶在左膝盖上，右手将钻戒高高地举至何小颖眼前，真诚说道："钻戒一生只送一人，代表我的一生只爱你！今天对我来说，是个特殊的日子。请各位长辈、各位朋友来这里相聚，是想让大家为我见证：我将在此时此刻，郑重地向心仪已久的何小颖女士提出求婚，并承诺此生无论富贵、贫穷，顺境、逆境，永远相爱，永不离弃。"

此刻，所有人都屏住了呼吸，空气也停止了流动，时间更是停滞不前。只有那枚钻戒闪着银色光芒，辉映在每个人脸庞。他们都明白那枚钻戒有着浪漫的寓意："以我之名，冠你指间，一生相伴，一世相随。"

看着朱德尼期盼的神情和两眼透出的满满爱意，何小颖脸上泛起一层薄薄的红晕，眼里瞬间噙满无比感动的泪水。

"在一起，在一起。"在大家惊喜之际，几名年轻服务员很有节奏地一齐拍起手掌，冲着两人笑喊着。他们看到眼前动人的一幕，就如同憧憬着自己幸福的未来。

"'青青子衿，悠悠我心。'你们就把今晚的聚会当成是订婚仪式吧，祝福你们。"顾爸爸首先站了起来，献上自己的祝词。

接着，大家都纷纷站起身来，说着祝福的话语，服务员及时打开音响，房间里飘响起理查德·克莱德曼的钢琴曲《蓝色的爱》，天籁般的琴声让人沉醉。

"嗯！"在大家希冀的目光中，何小颖满满温情、喃喃地道，柔声细语如同蚊蝇。然后，她娇羞地向朱德尼伸出左手。

朱德尼握住何小颖的柔荑之手，用颤抖的右手，缓缓地将钻戒戴在她的左手中指上。按照西方的习俗，左手被誉为"上帝之手"，左手中指是距离心脏最近的部位，钻戒佩戴在此表示将对方放在心上，给佩戴者带来好运，更能表白自己对爱情和婚姻的忠诚，深深打动年轻男女的心。

在钻戒戴上的那一刻，何小颖再也忍不住内心的激动，热泪簌簌滚落，滴到朱德尼的手背上。

朱德尼站起身来，痴情地望着何小颖，用双手擦拭着她脸上的眼泪。随后，俩人忘情地紧紧相拥。

掌声雷动，所有人都被眼前的真情感染，纷纷站起身来，给俩人报以最诚挚的祝愿。

几个月后，何小颖的宝贝儿子出世了，看到怀中的新生命，儿子和朱小辛的面容，便在她眼前交替展现。

何小颖和朱德尼触景生情，便给儿子取名"朱念辛"。

"有情人终成眷属。"在这个特殊的日子，何小诚和顾小善牵手走进民政局婚姻登记大厅，领取了结婚证，结束了长达六年的爱情长跑。

普罗旺斯薰衣草盛开的季节，一架中国国际航空公司的大型客机，从成都双流机场起飞，经过十多个小时的平稳飞行后，降落在法国巴黎戴高乐机场。

朱德尼拖着行李箱，带着怀抱婴儿的何小颖以及牵手前行的何小诚、顾小善走出机场。

他们刚走出机场出口，就看见一位长相酷似朱德尼的中年男子在向他们招手致意。

"爸爸，辛苦你了。"朱德尼迅速走向前，和那位男子亲热地拥抱，然后将他带到众人面前介绍道，"这位就是我的父亲弗朗索·马丹。"

"这是何小诚、顾小善夫妇,顾小善便是三曾祖父的重孙女。"朱德尼首先将何小诚、顾小善两人用法语向父亲做了介绍。

"欢迎你们来法国,欢迎你们回家。"弗朗索·马丹激动地和两人一一拥抱,并多看了几眼顾小善,"像,像,尤其那眼神,像我马丹家族的后人。"

接着,朱德尼将父亲的话翻译给了何小诚、顾小善两人。

"叔叔好!"何小诚、顾小善也用法语热情招呼着弗朗索·马丹。

等到介绍何小颖时,弗朗索·马丹未等儿子开口,抢先一步将她怀中的婴儿抱了过来,连连惊呼道:"孙子,我的孙子!"他仔细端详了好久,最后用蹩脚的中文念着,"朱念辛。"

直到朱念辛"哇哇"地啼哭,弗朗索·马丹才想起和何小颖打招呼,并请求她的原谅:"是我太想看看我的孙子了。"

"爸爸好!是你的孙子拉尿了,等我到卫生间给他换了尿不湿,再给你抱吧。"何小颖柔声细语地说道。

"好,好!"弗朗索·马丹在听了朱德尼的翻译后,对何小颖温柔、贤惠的表现大加赞赏,说儿子娶了一位好妻子。

"德尼,知道吗?你马上又有弟弟妹妹了。"他拍着朱德尼的肩膀,兴奋地说道,"你妈的预产期就这两天,所以我们要赶着回家。"

等到何小颖给朱念辛换了尿不湿出来,大家在弗朗索·马丹的引导下到了停车场。大家放好行李,便坐上车,一路南下,向普罗旺斯进发。

22 / 普罗旺斯之行

小车在巴黎至马赛的高速公路上飞奔,首次出国的何小诚、顾小善、何小颖被窗外的异国风情吸引,朱德尼则眉飞色舞地向大家介绍着沿途的景观和家乡的情况。

一时的新鲜感过后,因为时差,他们还是感到一阵困乏,便慢慢闭上了双眼。

因为弗朗索·马丹的家位于普罗旺斯地区艾克斯北部的小山村,八百公里的路程需要八九个小时。等到何小诚醒来的时候,朱德尼征求他的意见,是否在途中休息一晚。

"你不想早点见到妈妈?"何小诚知道他思母心切,故意反问一句,"说不定回家就看到你的弟弟妹妹出世了呢。"

于是,行车到里昂时,他们就近吃了一顿法国便餐。随后由朱德尼和父亲弗朗索·马丹交替驾车,继续向家前行。

当车子行驶到普罗旺斯地界阿维尼翁时,道路的两旁和远处的山坡出现成片成片的薰衣草。此时正是薰衣草盛开的季节,伴随着紫色花海不停闪现,一阵阵淡雅的幽香随风飘进车内,沁人心脾。

"哇，真是薰衣草的故乡啊！"顾小善忍不住将头伸出窗外，使劲嗅着这让人迷醉的香味。

"妹妹，这里还不算最多的地方。"看到顾小善那样忘乎所以，朱德尼对她说道，"等你们休息好了，我带大家去瓦伦索平原看个够，那里才是薰衣草的世界，就像紫色大海一望无际。"

"微风带走幽香，留下紫色的忧郁；你仍然挺着细长的腰肢，迎风摇逸。深紫色的海洋，漂浮着我对你的爱恋；只是我不能诉说，只能轻抚你紫色的小花。"看到一片片花草从眼前一晃而过，顾小善脱口而出，忘情地吟着曾经看过的一首诗歌。

"我要把对你的爱，带到世界的每个角落，让所有人都能感受到这浓浓的香甜爱意；把你当成美好爱情的见证，对着你说我爱你！"何小诚深受感染，也动情地接着朗诵。

两人相视一笑，何小诚已将顾小善的一只小手紧紧攥在手心。

"远处还有雪山呢，那一定是阿尔卑斯山的最高峰勃朗峰。紫色的花海在白雪皑皑的山峰映衬下，真是美极了。"何小颖也对窗外的美景大加赞赏。

"对，那就是法国和意大利交界处的阿尔卑斯山，是世界各地滑雪爱好者的天堂。"朱德尼亲昵地拥着何小颖，两眼透出满满爱意。

夜幕降临，大家在淡雅的幽香中继续前行。

小车离开高速公路后，又在山丘间穿梭了两个小时，终于停在一处城堡的前院，这里便是弗朗索·马丹的家。

"怎么会没有人呢？"弗朗索·马丹停车熄火，走到门前发现房内没有一丝光亮，四周也是静悄悄的，不禁纳闷,"该不会去医院生孩子了吧?"

"妈妈!妈妈!我回来了。"朱德尼兴奋地跳下车,冲着房内叫喊,但是里面没有任何声音。

弗朗索·马丹掏出钥匙,正要准备打开房门。

突然,房内灯光一闪,几间屋子全都亮了起来。两扇房门也同时打开,几位邻居笑吟吟地看着弗朗索·马丹父子。

"是弗朗索夫人吩咐我们这样做的,她想给你们一个惊喜。"一位邻居大嫂说道,"她今天中午真是给你生了一对龙凤胎呢。"

"真的吗?中午就生了?"弗朗索·马丹惊喜得拉着儿子就跑进屋内,全然忘记车里还有几位尊贵的客人。

他走进卧室,便看到躺在床头的夫人,正一脸幸福地望向自己。她的一左一右,放着两个包裹着的婴儿。

"上午几位邻居把我送到医院。左边这个是儿子杰克·马丹,右边的是女儿露丝·马丹,都是3.4千克呢。"弗朗索夫人一边给丈夫说着,一边招呼着儿子,"德尼,快过来看看你的弟弟妹妹。"

"好乖啊!"朱德尼和父亲一人抱起一个孩子,然后凑在一起看着,脸上布满喜悦。

"为了让你们在第一时间看到孩子,我休息几个小时后,就让医护人员送我回家了。"弗朗索夫人怕丈夫责怪自己不在医院多住两天,忙向他解释道,"你放心,我身体素质好,没有一点问题的。"

"哎呀,他们还在车里呢。"朱德尼想起何小颖等人还在外面时,连忙放下孩子,出门招呼将大家带进房内,挨个向母亲和邻居做了介绍。

几位邻居看到弗朗索夫人家来了客人,而且自己的任

163

务也完成了，便向大家告辞。

弗朗索·马丹的家是一栋由石块砌成的城堡式双层建筑，由于接连的奔波和时差，朱德尼将何小颖等人带到楼上的两间客房，让大家好好休息。

清晨，当睡到自然醒的顾小善睁开双眼时，便看到一道暖暖的阳光，从窗外照射进来，洒落在自己的床上。窗台上，放着两盆不知名的花儿，散发出淡淡的芬芳，绿叶之上，有几滴露珠在阳光下晶莹闪亮。身旁的何小诚，正左手支撑着头，情深款款地看着自己，一脸陶醉。

"你早醒了。"她慵懒地伸出左手，一边抚摸着他的脸庞，一边爱怜地笑道，"都不叫醒我，好早点出去逛逛，看看四周美景。"

"此时此刻，你就是我看到的最美风景。"他缓缓地说道。

普罗旺斯的农产品异常丰富，新鲜的蔬菜水果、海鲜、橄榄油和香料组合成食客的天堂。何小诚他们起床后，弗朗索·马丹已经给大家准备好了几种中西式菜品，还有炒饭、面包、奶酪、甜点，甚至还有鲜榨果汁，旁边还有一篮新鲜水果。

看到如此丰盛的早餐，经过两天长途奔波的他们在休息一宿、养足精神后，自然是一顿大快朵颐。

接下来的几天，何小诚、顾小善和何小颖母子，在朱德尼的陪伴下，游览了整个普罗旺斯。

这里温和的气候和特殊的土壤，大度地接纳着众多外来植物在此繁衍，而来自古波斯地区的薰衣草，一直稳坐当地植物界皇后的宝座，成为普罗旺斯的"代名词"。

薰衣草以其优雅的淡香而享有盛誉，它的花语就是"等待爱情"，而普罗旺斯还是一座"骑士之城"，是中

世纪骑士抒情诗的发源地,所以无数恋爱中的男女,怀着对美好爱情的迷恋与憧憬,在每年六月薰衣草冒出淡紫的色彩开始,一直持续到九月的这段时间,从世界各地聚集到这里,为自己寻找到一生所爱留下值得永远珍藏的回忆。

在瓦伦索平原,一望无际的紫色花海让人震撼和迷醉,那一朵朵盛开的紫色小花,在初秋的微风中打开浪漫的符号,就像爱人心中最沉静的思念;在薰衣草之都赛尔茂盛的薰衣草田,纯粹的紫色在错落有致的田园里绽开,也藏着爱人最甜蜜的惆怅。他们时而忘情地闭上双眼,聚精会神地嗅着那淡雅的幽香;时而徜徉其间,心旷神怡地享受这里最令人难忘的气息和特别的味道……诗意般的美景让大家激情朗诵起那首流传已久的散文诗《薰衣草》:

风起的时候,是你的味道,是爱情的味道……

来过普罗旺斯,浪漫无止境;普罗旺斯就是一首爱的诗歌,任何人都不可能生活在此而不动容。

其实,爱一个人不必要朝朝暮暮;喜欢普罗旺斯也不见得一定要每天赤着脚,徜徉在薰衣草的花海中。

任何时候,任何地方,只要偶然看见一缕阳光,闻到一丝芬芳,就能在心中漾开一片紫色的田野。

薰衣草的香,没有奢华,没有妖艳;只是淡淡的清香,那么的宁静而幸福。

浪漫而迷情的地方,是梦开始的地方,是爱情开始的地方;普罗旺斯便是紫色的骑士爱情。

如果我们能够寻到心灵的宁静,那么,在哪里都能找到普罗旺斯,在哪里都是普罗旺斯。

"薰衣草已经成为普罗旺斯的标志,它那特别的蓝紫色点缀着这里的田野、道路和庭院。得花者得天下,再过一段时间,这里的薰衣草就要进行收割,然后配制一些香水和精油,销往各地,所以普罗旺斯被称为'世界香水、精油圣地',而法国'浪漫之都'的美名,也是得益于这里的薰衣草。"途中,朱德尼开心地向何小诚、顾小善和何小颖母子讲述着普罗旺斯的点点滴滴。

当阿尔勒大片大片的向日葵跃入他们的眼帘时,车内便响起阵阵欢呼,连绵不绝的金黄在薰衣草的衬托下,那种强烈的视觉冲击更令人陶醉,人人流连忘返。

在有着"天使的眼泪"称谓的圣十字湖和浪漫的童话小镇安纳西,他们欣赏美景的同时,也用心品尝每一道法兰西美食和这里的葡萄美酒,尤其是那浓稠的、有着两千五百多年历史的马赛鱼汤,尽情享受这里慵懒、惬意的山居生活。

当他们漫步在有着两千五百年悠久岁月的历史名城、欧洲文化之都的马赛,久负盛名的塞南克修道院,行走于别具一格的石头城、红土城和神秘的凡尔登大峡谷,仿佛在历史的长河中不断穿越、回归,尽情享受这里别样的旖旎风光和神秘的异国情调。

看到眼前摩肩接踵、肤色不同的人群,看到从世界各地蜂拥而至、兴致高昂的游客,何小诚、何小颖兄妹彻底认识到旅游产业兴旺发达对一个地区社会经济发展的影响,而顾小善则对普罗旺斯旅游强劲发展背后的文化产生了浓厚的兴趣。

"小颖,当初白鹿镇在灾后重建中都是依照普罗旺斯来打造,我们为何没有像他们这样遍植薰衣草呢?"何小诚疑惑地问妹妹。

"我听说当初政府还是有这个想法的,也做了试验,因为气候和土质有差异,长出来的薰衣草不仅矮小,花期也短。如果要改良土壤和进行大棚温室培养,那成本太高了。"何小颖向哥哥解释道。

"呵,是这样的原因。"何小诚看了看前面抱着侄儿逗乐的顾小善,又继续和妹妹讨论着,"我回去后想办法试试,如果白鹿镇能遍植薰衣草,尤其是场镇和上书院有几处紫色的花海,肯定会吸引更多游人、聚集不少人气的,有多少人气就会有多少商机。"

"这对白鹿的旅游发展很有助力啊,党委政府都会大力支持你的。"

"我会先悄悄搞着,然后给你和嫂子一个大大的惊喜,也给大家一个甜蜜浪漫的享受。"

他们在几处田地挖取了土样,向当地人仔细询问薰衣草的种植、收割技术流程,又在经过的商店了解用薰衣草制成的各种香包、香袋、花草茶的销售情况,在欧舒丹工厂店参观香精油、香水、香皂、蜡烛等制品的生产流程和工艺,朱德尼则是一会儿法语、一会儿中文,手舞足蹈、兴高采烈地为双方的交流比画着、翻译着。

有着浓厚紫色情结的顾小善不仅被普罗旺斯大片大片的薰衣草美景陶醉,更是对流淌在这里的文化产生了极大的兴趣。白天,她将自己的所见所闻储存脑海,晚上,便将触发的情感敲击成字块,在微博上与朋友、粉丝共同分享。《天府商报》一位好事的副总编发现后,立即让专刊部编辑将她的文章以"行走普罗旺斯"为题每天刊发一段,竟然引来一阵追捧,还被法国的一些报刊转载。

23 / 梦中的那抹紫

早餐后,朱德尼来到宾馆大厅,从报架上拿下一张报纸,然后坐在沙发上翻阅。

当他在副刊上看到一篇游记文章中的配图时,嘴巴顿时惊诧成了"O"形。文章名为《夏风吹过的普罗旺斯》,作者就是顾小善,而配图便是他们徜徉在薰衣草的紫色花海中。

"小善妹妹,快过来。"看见顾小善他们出来,他马上招呼着,并把报纸递给她。

看到自己的微博日记发表在法国当地的报纸上,顾小善立即明白是怎么回事了。她打开手机,迅速浏览起来,发现《天府商报》已经连续三天发表自己的文章了。

"这个老编,就爱多事。"顾小善当即拨通专刊部编辑老师的电话。

"小善,旅途愉快。"话筒里面传来那位编辑的声音,他在向顾小善问好后,很快压低自己的声音,"这可不是我多事哈,都是老总交办的。"

"我还没有说什么啊,你就那么想撇清自己?"顾小善本想责怪老编一声,谁知他好像知道自己的心思一样,连忙将责任推给副总编,只好顺口说道,"我都跑这么远了,你们还不让人清静一下?"

"小善,这可是大好事啊。老总让我转告你,你的休假取消,这次算作外派采访,机票报销,还有差旅费可领。"

"是吗?还有这等好事?"

"嗯,都是你的文章引来的。这几天的报纸销量增加了好几万张,外媒也有转载,所以老总高兴,就这样了。"

"哎,我算遇上你们了。"

顾小善结束通话后,继续浏览自己文章的相关信息。

夏风吹过的普罗旺斯,田野山间都弥漫着香甜的气息。

在这里,紫色代表浪漫,薰衣草代表香甜爱情。每到夏季,无数热恋的男女,将重要的旅行选择在普罗旺斯,就是希望留下一生中最甜美的回忆。法国诗人罗曼·罗兰那句"法国人之所以浪漫,是因为有普罗旺斯"便是最有力的言证。

于是,他们来到法国,来到普罗旺斯。除了一望无际的紫色花海和夏风中的香甜,在这里的每个小村庄,在每条石头铺就的小路,在每个中世纪的城堡,在每处古迹,他们身临其境,感受普罗旺斯的无限浪漫,感受普罗旺斯的千年气息和传说。

坐在小小的咖啡馆,和来自世界各地的游客在灿烂的阳光下休息、聊天,便会让他们摆脱生活的羁绊,彻底忘掉一切,真正感受到普罗旺斯的魅力所在。在这里,"普罗旺斯"代表着一种对爱情的浪漫享受、美好憧憬;一种简单无忧、轻松慵懒的生活方式；一种宠辱不惊、看庭前花开花落，去留无意、望天上云卷云舒的闲适意境。很多游客痴迷过法国的埃菲尔铁塔、香榭丽舍大道和枫丹白露，但是最后都被普罗旺斯弄得神魂颠倒、流连忘返。

普罗旺斯有种最彻底的浪漫，因为这里除了流传很久的浪漫爱情传奇，还有因《马赛曲》而闻名的马赛，因《基督山伯爵》而为众人皆知的伊夫岛，还有儒雅的大学城艾克斯和阿维尼翁，回味久远的中世纪山庄，街边舒适的小咖啡馆。

在普罗旺斯，从年初冬春的蒙顿柠檬节到夏秋的亚维农艺术节，从欧洪吉的歌剧节到薰衣草节，令人目不暇接，四时呼应着这里无拘无束的岁月。这些浪漫自由的色彩，不断蛊惑、冲击着每一位艺术家创作的灵感。于是，塞尚、凡·高、莫奈、毕加索、夏卡尔等教父级的画家展开了自己艺术生命的新阶段，也吸引了美国作家费兹杰罗、英国作家劳伦斯、英国科学家赫胥黎、德国诗人尼采等人前来朝圣著文，很多深受观众喜爱的电影也是因为其中有普罗旺斯的美景，而彼得·梅尔的小说《山居岁月》，则是将这里推向享乐主义的巅峰。

顾小善还这样描写着凡·高的传奇故事：

普罗旺斯的古老小城阿尔，以地中海风光和时尚的艺术风格闻名世界，更因凡·高的到来而沸腾。他在这里生活不到一个季度的时间，却度过一生中最丰富奔放的生活。

一个阳光明媚的时刻，凡·高和后印象派大画家高更一起去和两个要好的姑娘约会。在愉快的交谈中，凡·高

被其中一位所吸引,产生爱慕之情。于是,他对那位比他小得多的姑娘说:"这位美丽的小姐,我该送件什么样的礼物给你呢?"那位小姑娘便开玩笑似的摸着他的左耳朵笑道:"我就要这个。"

于是,凡·高回到居室,操起一把锋利的水果刀,用左手扯住耳朵,"嚓"的一声将左耳割了下来,然后用那女孩送给自己的小手绢,细心地包好后给小姑娘送去。

当那位天真的小姑娘满怀欣喜地解开手绢时,顿时被这只血淋淋的耳朵吓得昏厥过去,从此不敢再和凡·高交往。她只是片面地认为凡·高这种超乎常规思维的举动是十足的疯子行为,没有理解这位卓尔不群的艺术家超乎常人的诚恳和勇气,听不懂为爱牺牲的凡·高在用这种认真的声音向她表明真挚的爱慕,从而与心爱的人失之交臂。

为画而生的凡·高为了捕捉阳光下明亮的线条和剔透的色彩,经常在中午太阳最毒辣的时候作画。烈日的暴晒与高温的炙烤,使他的头发过早脱落。

一天,凡·高经过一处庄园,立即被庄园里面盛开的向日葵吸引。随着时间的慢慢流逝,正在阳光下潜心作画的凡·高,突然感觉头上的灼热减弱,回头发现身后不知何时多了一位身材窈窕的美丽姑娘。她面带微笑,撑伞而立,沉醉于凡·高在画布上涂抹油彩的激情创作中。

这位姑娘是庄园主的女儿,她被凡·高近乎疯狂的艺术追求感动。从此,她每天准时来给凡·高打伞。随后,两人深深地相爱。

后来,凡·高到庄园主家里求婚。庄园主一看是名穷困潦倒的小画匠要娶自己的女儿,顿时气得怒火中烧。而凡·高却非常诚恳、认真地对他说道:"尊敬的先生,虽然我现在不出名,画也卖不出去,有时穷得连每天买两片面包的钱都没有。但是,请你一定相信,我的画总有一天会卖上大价钱,对你的女儿更会如同心肝地珍爱!"庄园主闻此气得两肺直炸,失去理智地吼道:"胡说些什么,管家,快叫人把这个穷疯子赶出去!"于是,可怜的凡·高被几名凶恶的家丁推出门外,悲愤之际,他恨不得饮弹自尽。

没有父母祝福的爱情总是让人心酸和悲戚,在沉重的压力下,姑娘变得一天比一天憔悴。尽管如此,她依然每天来到凡·高作画的地方,为他撑伞。直到有一天,她站在凡·高身后,非常伤感地说了一些莫名其妙的话,但是潜心作画的凡·高却没有丝毫在意。等到很久没有听见她的声音时,他才觉得有点不对劲,回头一看,姑娘已经瘫倒在地,而且脸色乌青。

凡·高惊恐万分地丢下画笔,然后一把抱过姑娘,一边发疯似的号叫着,一边拼命往村子里跑去。因为抢救及时,服毒自杀的姑娘保住了性命,但精神却失常了,后来被送进疯人院,并在那里走完漫长余生。

姑娘的去世深深刺痛着凡·高,从此之后他终生未娶,将生命中的所有色彩和万般激情,都融入在自己的绘画艺术之中。在凡·高辞世百年后,他的一幅《向日葵》在日本东京的国际拍卖会上,卖到2400万美元,创下油画界新的世界纪录。

而凡·高的爱情传奇,不仅为美丽浪漫的普罗旺斯增添了一份血色记忆,为这里留下一段刻骨铭心、荡气回肠的感人故事,更让来自世界各地的游客,因为这段血色浪漫和萦绕在脑际的那抹紫,来到普罗旺斯静心聆听薰衣草花开的声音,用灵魂感受爱的真谛。

因为《天府商报》的名气，再加上法国当地报刊的转载，顾小善的文章自然在圈内掀起几许波澜，引来万千少男少女奔去普罗旺斯，邂逅梦中那片紫色，圆自己一生中最浪漫的香薰之梦。

回国前，何小诚、顾小善他们按照当地的习俗和中国的传统礼仪，在马丹家族的墓地，举行了一个特别的祭奠仪式。顾小善虔诚地将祖奶奶留给她的那个装着日记的木盒，埋在了阿尔芒·马丹的坟头。

"亲爱的祖奶奶、祖爷爷，我能理解你们几十年的离别之痛、相思之苦。从此以后，你们两个就好好地长相厮守、永远恩爱吧。"默哀致敬完毕后，顾小善长长地吁了一口气，脸上也露出一丝满意的笑容，仿佛看到祖奶奶和祖爷爷当年那一见钟情的浪漫场景。

何小诚、顾小善他们回国后，顾爸爸、顾妈妈发现女儿整天都在到处采访，拼命工作，何小诚也在自己的公司忙碌。两家人偶尔见面，却都没有人提及何时举办婚礼，心里也难免会产生一些想法，便想催促一下。

"小善，你看你和小诚年龄也不小了，虽说领了证，但是这婚礼还是该及时操办吧？"这天吃完晚饭，顾爸爸趁着和顾小善一起坐在沙发上看电视的机会，询问起女儿。

"这个啊，爸爸，肯定会办的。只是现在还不到时候。"

"婚礼的费用你们不用操心，我和你妈工作这么多年，还是有点积蓄的。合江亭位置不错，环境又好，离你单位也近，你们可以在那里买套房。"

"老爸，我们现在还没有考虑买房呢。再说，我现在住在哪里都没有家里安逸啊，又舒服又方便。怎么，你们想要赶我走？"

"爸妈可没有那样的想法，还巴不得你这个'小棉袄'

一直守着呢。你们以后,总得要有个自己的家啊。在白鹿安家也不错,空气好,我和你妈有空就可以去陪你,顺便度度假。你在单位上班的时候呢,就住家里,和爸妈一起。"

"嗯,这个想法好,这样多幸福。"顾小善笑着伸了一个懒腰,然后撒娇似的靠在顾爸爸肩膀上说道。

"对啊,乖女儿,你们是该早点把婚礼办了,妈妈身边那批朋友,看见我就嚷嚷着要喝你的喜酒,我都不知道如何回答了。"在厨房洗碗的顾妈妈听到顾爸爸和顾小善的对话,急匆匆地洗完饭碗后,就走进客厅说道。她亲热地拉着顾小善的手,爱惜地道,"你们总不能婚礼都还没有操办,就先怀上宝宝了吧。你们早一天把婚事办了,我和你爸就可以早一天抱上孙子呢。"

"妈妈,你说些啥。"顾小善当即羞红了脸,连忙借口打电话躲进自己的房间。

"哎。"顾爸爸无奈地叹息一声,然后瞧着女儿的背影,又用手指了指顾妈妈,摇摇头,走过去和她依偎在一起,看着自己喜欢的电视节目。

"爸、妈,我和小诚是……要……准备把婚礼办了。"谁能料到,第二天早上,顾小善就给了顾爸爸、顾妈妈一个天大的惊喜。

"善善,是真的吗?"正在吃着早餐的顾妈妈,差点呛到,她使劲咽了一口气,再次问道,"你确信没有哄妈妈?"

一旁的顾爸爸也伸长耳朵监听,想要听个清楚。

"爸、妈,当然是真的了,我们怎么能拿婚事当儿戏嘛。只是……"顾小善说昨晚和何小诚通了电话,谈到了两人的婚事。

"只是什么?"顾爸爸、顾妈妈听到女儿话中有话,表情也变得凝重起来。

"他说房子这些都不是问题，只是为了给我一个值得终生难忘的浪漫婚礼，还需要等待。"

"还要等待？等好久？"

"时间有点长，他说定在明年的汶川地震纪念日，和他妹妹的婚礼一起办。"

"啊！那么……久！"顾爸爸和顾妈妈一听，当即一惊，便没有后语了。

汶川地震七周年纪念日，由朱德尼担任首席摄影师的豪华摄制小组，一早就带着各种装备，在白鹿镇的音乐广场、银杏广场、白鹿断桥和上书院等地，为何小诚和顾小善拍摄婚纱照片以及视频，而他和何小颖的婚纱照也在其间同时进行。

朱德尼亲自操刀完成了何小诚和顾小善的所有婚纱照片拍摄，只是他和何小颖以及他们两对同时的拍摄任务，只能交给助手进行。等他们回到影楼时，整个拍摄时间用去了整整九个小时，大家还津津乐道这是天长地久的好兆头。

在何小颖家吃过晚饭后，何小诚单独带上顾小善，来到兴鹿街和雁江街交汇处的一栋三层小洋楼前。

"这就是我为你准备的婚房，进去看看吧。"何小诚掏出一把钥匙，打开房门后，将顾小善领进屋子。

一楼、二楼、三楼，顾小善来不及看清楚每层有几间房、有多大面积，就迫不及待地登上了三楼。当她在平台上看到后面是白鹿河，侧面就是银杏广场，还可以眺望远处的地震遗址公园和俊美山峰时，一下就激动起来。

"小桥、流水，青山、木屋。小诚，你可真会选地方，我好喜欢。"她拥住何小诚，踮起脚亲了他一下，然

后依偎在他怀里，看着远方的美丽山景。

"喜欢就好，我会按照你的喜好尽快装修好，到时给你一个惊喜。"何小诚环抱着顾小善，"只可惜不能在山下修建木屋。"

"我已经很满足了。你怎么能……找到这么好的房子？"顾小善很满意地问。

"是朱爸爸原来邻居的房子，离我公司和妹妹家都很近，当初房子还没有修好，他们一家六口都搬到市区居住了，这都空了好几年。前段时间他回来办事，碰见我妹妹，听说我想在家乡买套婚房，就立即将房子卖给了我。"

"这么大的房子，要花很多钱吧？要不，我找父母支持一点？"

"别，我们的婚房，我自己能行的。如果你父母真要支持你，就让他们在市区给你买套小点的房子吧。最好离他们近点，这样既可以照顾他们，你也有一个独立的生活空间，我去成都也方便。"

"嗯，你想得很周到，难怪我父母都那样喜欢你。你迟迟不提出结婚，也不见他们催你，反而天天催自己的女儿快点嫁出去。"

"这栋房子刚好三层，我妈腿不方便，她来的时候就住一楼，你的爸妈可以住二楼，我们就将婚房安在三楼吧，以后你每天一睁眼，就可以看到周边的山山水水、一草一木。屋顶也装成可移动的，晚上躺在床上，你就可以透过玻璃窗，数着星星入睡。"

"一想就很浪漫。"顾小善为情所动，顿时转过头，扬起热唇，便与何小诚激情相吻。

24 / 那场梦幻般的浪漫婚典

汶川地震八周年纪念日,一场盛大而又别致的结婚大典在白鹿镇上书院隆重举行。

上午八点,当九辆"红旗"轿车在成都市新南门接上新娘顾小善及其亲朋好友后,便一路浩浩荡荡,向北而行。

车队接连驶过二环高架、成彭高速、牡丹大道、湔江路,在右转进入通济与白鹿交界处的小夫路口,道路两旁较为宽阔的地段,有两个99平方米的薰衣草方阵突然出现在顾小善眼前,紫色花海下方是一排红色的玫瑰花,一幅写有"祝何小诚、顾小善新婚快乐!白头偕老!"的大红标语悬挂在公路上方。

"师傅,请停一下车。"顾小善看到眼前的花海和那幅标语,沉浸在无比幸福中的她再也按捺不住内心的喜悦,还没有等伴娘帮自己托住婚纱裙摆,就迫不及待地自己打开车门跳了出去。

"你等等我。"何小诚急忙从另外一侧跑过去,一边托起长长的裙摆,一边搀扶着她轻步向前走去,同时也轻言劝道,"你今天可是新娘啊,穿着婚纱,注意一点,慢慢来。"

"你是不是还想说要矜持一点啊？！"顾小善看了何小诚一眼，娇嗔地道。

在何小诚的半搂半拥下，两人来到那幅大红标语下。

顾小善满带幸福的笑意，将红红的唇印烙在何小诚的脸庞，跟在后面的摄影师立即抓拍到这一温情的瞬间。

"谢谢你为我做的这一切。"上车后，顾小善再次亲吻了何小诚，然后躺在他的怀里，看着窗外闪过的美景。

小夫路的两旁，每隔99米就盛开着9平方米的花阵，依旧是紫色的薰衣草和红色的玫瑰花，路旁则新栽了高大的蓝楹花，每株间隔9米。

"这是政府打造的景观大道，我们公司给予了极大的支持。"何小诚一边抚摸着顾小善柔滑的小手，一边向她解释着，"蓝楹花栽在我们这里，开花季节会延迟到八九月份，这样就延长了在白鹿看花的时间，能吸引更多的游客来白鹿旅游观光，一个地方的旅游发展，关键是看人气的聚集。"

"但是，现在还不到薰衣草盛开的时候啊？"顾小善不解地问着。

"这就是我们的技术了。"何小诚骄傲地说道，"科技是第一生产力，有时间我再慢慢告诉你。"

当接亲车队行至白鹿镇音乐广场，何小诚下车为顾小善打开车门，并牵着她的手走下来时，迎亲队伍有的脚踏气球，有的手撕拉花。霎时，"噼啪噼啪"和"嘭嘭嘭"的迎亲"喜炮"声此起彼落，大片彩色纸花如春风细雨在天空飘洒，不断落到新郎和新娘的头上。

同样穿着礼服的朱德尼、何小颖也正含情脉脉地挽着手，站在香榭丽舍大道中间。两人的身后，就是那个镶嵌一头"奔跑着的白鹿"的钢架牌坊，现在已经成为白鹿镇的显著地标之一。

何小诚、顾小善、朱德尼、何小颖四人相视一笑,默契地会合在一起,然后携手向前走去,七彩纸花雨也一路相随。他们要在这条青石铺就的香榭丽舍大道,体会这么多年来自己在"情感道路上"所走过的坡坡坎坎,体会身后那么多亲人、朋友带给的坚持和勇气,体会幸福的来之不易。

香榭丽舍大道两旁摆放着盛开的薰衣草和玫瑰花,红紫相伴的花带一直延续至银杏广场。银杏广场临河一侧,也用薰衣草建造了一个前低后高的心形紫色花海,四周用红色玫瑰花紧紧圈住,正中则是用粉色玫瑰花组成的一个大大的"囍"字。

两对新人分别在这里拍照纪念,也和自己的亲朋好友一起合影留念。

"新婚快乐!白头偕老!"四周的居民和游人叫喊着,阵阵掌声,给他们以衷心的幸福祝愿。

"那位姑娘叫顾小善,是一名记者,八年前我就认识了。那天刚好遇到地震,她父母那个急啊。后来听说是被朱家副食店送货的小伙救了,两人好上了,没想到她还真成了我们白鹿的媳妇。"杨大娘兴奋地给大家说起当年的事情。

"是啊,这位姑娘聪明漂亮、虚心好学,地震那天还到过古街,后来还问过我很多白鹿方面的人文地理、风土人情。"一旁的赖老师也笑道,"等会儿我还要去上书院祝福她呢。"

随后,车队在街道的另一侧接上他们,缓缓地沿着白三路山道向上书院驶去。

当车队停靠在回水村停车场,两对新人在亲朋好友的簇拥下、在喜炮声和七彩纸花雨中缓步向前时，现场响起婚礼司仪浑厚的声音，他的每个字都充满磁性，每句话都赋有激情：

"尊敬的各位长辈、各位亲朋挚友，上午好！欢迎大家抽出宝贵的时间，前来参加何小诚和顾小善、朱德尼和何小颖两对新人的结婚盛典。

"八年前，一位美丽的姑娘和一个年轻的小伙在这条路上偶然相遇，谁也没想到——一辆送货三轮上十来分钟的相处和分别时的一颦一笑，促成了白鹿一桩精彩绝伦、荡气回肠的爱情故事……今天，两人终于结束了八年之久的爱情长跑，牵手来到这里，一起走进神圣的婚姻殿堂。

"而另外一对新人的爱情故事更为传奇，两个人用自己对爱的领悟，书写了博大精深的中华民族传统文化中这个'爱'字——三年前，我们白鹿镇失去了一位优秀的镇长，也让深爱他的姑娘痛不欲生，但是腹中的生命又迫使她顽强地支撑。此刻，一位法国小伙勇敢地站了出来，给这位姑娘以默默的爱，并最终开启姑娘紧闭的情感大门。今天，两人冲破世俗的束缚，也走进了这个爱的殿堂。他们两岁的儿子，也将和大家一起，见证这份无私之爱、伟大之爱。"

司仪深情讲述，让在场的所有嘉宾都为之动容，四位新人更是眼含热泪、几度哽咽。

"结婚并不是归宿，而是另一段生活的开始，更是爱的重新出发。以后，你们将面临更多困难与挑战。现在，请你们从这里出发，一起跨过白鹿河，携手走过一条弯曲陡峭的山路，最后抵达今天的主场——上书院，在婚礼庆典上接受所有人的祝福吧。"

初夏的白鹿河河水清澈见底，流量不是很大，偶尔可见鱼儿畅游,河中有石块供人垫脚过河。

何小诚、朱德尼分别牵起各自爱人的纤纤细手,来到河边,选择过河线路。

顾小善、何小颖看到河中的石块,立即想到脱掉高跟鞋,挽起婚纱裙摆,和爱人一起牵手过河。

"NO,NO,NO。"朱德尼很绅士地对她们说道,"有我们在,你们不需要那样做。"

他又将目光投向何小诚:"你想到法子了吗?"

何小诚心有灵犀,会意一笑:"我能行的,就看你有没有这体力了。"

朱德尼骄傲地一扬头:"比试一下,我不会输给你。"

说完,两人分别将各自爱人的婚纱裙摆缠上她们的腰际,然后毫不犹豫地下蹲,背起自己的新娘就迈向河中。

他们小心翼翼,一步一个石块,尽量保持身体的平衡,生怕心爱的人不慎落入河中。而背上的新娘恨不得此时自己身轻如鸿,好减少心爱人的负重。

"右边的石头大,要平缓一些,跳过去。"

"左边的石头不好下脚,小心一点。"

背上的两人也在不停地给予提示。

站在两岸和桥上的亲朋好友都在为他们呐喊助威。

虽然有惊无险,但当两人稳稳地走到对岸时,还是累得气喘吁吁。只是朱德尼和何小颖的速度慢了几秒。

"德尼,你可要加强锻炼啊。"何小诚调侃一句后,帮顾小善整理好婚纱,然后牵着她的手,向前走去。

朱德尼也牵起何小颖的手,紧随其后。

山道两旁依旧盛开着薰衣草,一朵朵紫色的花瓣正散发出迷人的香味。

走进上书院,顾小善发现那个拱形台阶前面的大坝

子，已经变成一片紫色的花海，台阶之间的半圆弧形地带，也根据地面与台阶的高度，用薰衣草、红玫瑰、鸢尾花制作了一个"囍"字花阵安放其中。除了中间保留的一条通道，花海四周站满了前来道贺的客人。看到这一切，她的双眼再次湿润，明白了何小诚推迟举行婚礼的良苦用心。

"这个婚礼布置，你还满意吗？"看着心爱人的表情，何小诚关心地问道。

"谢谢你！"顾小善深情地望着何小诚，用力握住他的手，千言万语，尽在眼眸。因为她知道，自己深爱的男人，一直记着自己在废墟下说过的"在灯光璀璨的春熙路天桥激情拥吻，成为都市最亮丽的夜景；在开满薰衣草的花海荡漾，沉浸在紫颐香薰的梦境……"

在司仪的主持下，何小诚、朱德尼从台阶左边，顾小善挽着顾爸爸、何小颖挽着何妈妈从台阶右边，一步步走向台阶正中。

当顾爸爸将顾小善的双手交到何小诚手里，当何妈妈将何小颖的双手交到朱德尼手里时，天空再次飘洒起七彩纸花雨，祝福的声音此起彼伏。

"在这幸福的时刻，在这难忘的瞬间，还有一位最为特别、最为重要的嘉宾，要给我们的两对新人送上最珍贵的礼物。"

所有人在司仪的指引下，看见上书院正门口站着一位穿着礼服、系着领结的小男孩。两名伴娘各自拿着一束捧花，牵引着男孩走向两对新人。

"这位小男孩就是今天的新娘何小颖和他的英雄丈夫朱小辛的儿子朱念辛，现在也是何小颖、朱德尼和朱小辛三人共同的儿子，他今天刚好满两岁。"

"祝爸爸、妈妈新婚快乐！祝舅舅、舅妈新婚快乐！我们是快乐幸福的一家人！"

当朱念辛依次从伴娘手里接过捧花送给两对新人，当他稚嫩的童音从话筒大声扩散出来时，所有人都报以热烈的掌声。

"这场面太感人了。"一旁的司仪也忍不住流下激动的眼泪。

"你就是我们最珍贵的礼物。"何小诚、朱德尼不约而同地各自伸出一只手将朱念辛抱了起来，就要亲他那可爱的小脸蛋。此时，顾小善、何小颖也同时亲向朱念辛。

"咔嚓"一响，顾小善的同事抓拍下这一让所有人无比感动的场面。后来，这张《幸福瞬间》的照片在国际年度新闻摄影比赛中，荣获了一等奖。

"特别的情，特别的爱，特别的地方，特别的婚礼。"当大家还沉浸在喜庆的时刻，司仪浑厚的声音再度响起，"有请我们的新郎、新娘步入教堂，接受祝福。"

话音一落，来自白鹿音乐学校的九名学生，同时弹奏起一段柔情版的《婚礼进行曲》。在悠扬的钢琴声中，两对新人缓缓迈进洁白庄重的教堂。

"各位来宾、各位朋友，接下来我们将见到婚礼中庄严、神圣、幸福的时刻。两位新郎和两位新娘将在所有见证人面前，彼此交换神圣的誓言，请大家起立。"一身礼服的牧师看见两对新人走近，为他们举行别样的西式婚典。

"你们是否愿意做何小诚、朱德尼先生和顾小善、何小颖女士婚礼誓言的见证人？"牧师继续引导着大家。

"愿意。"在场所有人异口同声地说道。

"你们既然给予了肯定的回答，就希望你们在未来的时光中,继续给予他们关心、支持与帮助。这样,他们的生活会是幸福的,也更会是美满的。"

"请大家坐下。"牧师举起右手,示意大家坐下后,接着说道,"何小诚和朱德尼先生、顾小善和何小颖女士,今天你们到教堂里来,在双方家长、亲友以及全体来宾面前,就要缔结婚约、结为夫妇。你们知道婚姻是天作之合、必须终身相守,夫妻的爱是如何神圣、婚姻的责任是何等重大。现在请你们郑重表明自己的意愿。"

25 / 我用一生来守护

何小诚和顾小善、朱德尼和何小颖都紧紧握住对方的手,静静地聆听牧师的教诲。

"何小诚、朱德尼两位先生,成为一名体贴忠实、温柔慈爱的丈夫是你们的责任,你们要在富裕与贫穷当中,分别支持顾小善、何小颖两位女士,引导她们、珍惜她们,尽心竭力地开拓她们在自己生命当中的位置,永恒地向她们献出自己对她们的忠贞,做她们的港湾,使她们远离一切的危险与苦难,以永不动摇的爱珍惜她们,你们是否愿意?"

"愿意。"何小诚和朱德尼迫不及待地说道。

"顾小善、何小颖两位女士,成为一名体贴忠实、温柔贤惠的妻子是你们的责任,你们要在富裕与贫穷当中,以忠言来引导何小诚、朱德尼两位先生,以温柔的心安慰他们、珍惜他们,全心全意地向他们表明自己的爱,以永恒的印记使自己在他们心中的地位不断地提高和稳固,你们要尊敬他们,以温贤体贴之能,与他们相守,直到永生,你们是否愿意?"

"我愿意!我愿意!"此刻,顾小善和何小颖的心情都异常激动,恨不得马上将自己融入对方心中。

"何小诚、顾小善,朱德尼、何小颖,既然你们愿意结为夫妇,现在就请你们面向对方、握住彼此的手,在双方父母、亲友面前缔结婚姻、立下盟誓吧。"

接着,牧师依次叫着四人的名字,为他们诵读盟誓:

"我现在郑重表明与你结为夫妻,并许诺从今以后,无论顺境还是逆境、富贵还是贫穷、健康还是疾病,我将永远爱护你、尊重你,终生不渝。愿上天垂鉴我的意愿。"

随后,九架钢琴再次弹奏起《婚礼进行曲》,两名花童在伴郎、伴娘的护佑下,为四人送上亮闪闪的钻戒。

"这是你们神圣誓言的凭据,请你们互相交换,作为彼此互爱忠贞的信物,也让我们一起来见证这一美好时刻的到来吧。"

两对新人各自为对方佩戴好钻戒后,牧师按照程序引导他们拿起代表各自生命的小蜡烛,共同点燃中间的大蜡烛,慷慨激昂地说道:"从今天开始,你们就合为一体,将不再为各自而生活,而是为了二人共同的幸福而生活,愿你们永远幸福!"

这时,有教会的人拿来两份纪念证书,让他们签下自己的名字。当两对新人共同拿着证书面对众人时,教堂内响起一阵热烈的掌声。这份证书,也成为四人一生浪漫美好的承诺与回忆。

掌声中,两对新人来到众人面前,依次答谢关心自己的父母亲人、朋友嘉宾。

"愿主降福你们的婚姻盟誓,并护佑你们的家庭,帮助你们善尽夫妇和父母的责任,使家庭成为爱的摇篮,共同建设和谐美好社会;愿你们的爱情在一切境遇中不断成长,并一直生活在幸福和喜乐之中,白头偕老。愿主与你们同在,直到永远。"牧师在激情洋溢中结束了仪式主持。

随后,所有来宾在上书院内品着红酒、吃着西点,和两对新人现场互动,气氛喜气洋洋。

"我是真的没有想到,在中国竟然会有这么一个风情小镇,有这么一个规模宏大的天主教堂。"从法国赶来参加儿子婚礼的弗朗索·马丹兴奋地和何妈妈、顾爸爸、顾妈妈交谈着,朱德尼忙着在一旁翻译。

"好,好。儿子,你真是娶了一位好妻子。"弗朗索·马丹拍着朱德尼肩膀说道,"早知道这样,我就带上你妈妈和你的弟弟妹妹一起来这里住上一段时间了。"

"爸爸,以后机会多多。来,喝酒哈。"一旁的何小颖红着脸给弗朗索·马丹的杯里倒上红酒。

待到婚庆结束,来宾告别,已经累了一天的顾小善顾不上小憩一会儿,拉着何小诚走出上书院,来到那片紫色花海前。

"小诚,你知道吗,当我一下车看到这些紫色的小花在我眼前摇曳时,那种让人陶醉的心情真是不可言喻。"她轻挽着他感慨地道,"你费心了。"然后将头柔情似水地靠在他的宽肩。

"我说过要给你一个惊喜的。"何小诚搂着顾小善的腰际,疼惜地说道,"只要你喜欢就行。"

"太让我吃惊了,你是怎样做到的?"

"从法国回来,我就瞒着你在研究这个问题,因此推迟婚礼的举行。"他向她详细说了有关的细节。

"我和妹妹将从普罗旺斯带回的泥土和种子拿到四川农业大学,请她的老师帮忙研究和分析后,我们在有花乡之称的葛仙山镇和敖平镇湔江河岸找到适合的土壤,然后配以泥灰土和复合肥，就解决了薰衣草的生长问题。为了彻底解决它的种植、管理和安放、收割问题，我想到用盆栽的形式。小善，你知道吗？我们彭州桂花镇是土陶之乡，其历史渊源可以追溯到古蜀，那里现存的明代嘉靖龙窑就是例证。这里出产的泡菜坛子和花盆全国有名，坛子泡出的泡菜香脆爽口，花盆种养的花苗枝壮叶茂。彭州已故文化名人诋老在1982年4月回乡探望旧居时，专门买了几个花盆拿到北京养花，还兴致勃勃写下《买盆》一诗：'来去匆匆过里门，幼时城郭半混沌。白头更觉乡情重，不惜迢迢买瓦盆。'于是，我便到桂花镇联系几家土陶厂，让厂家生产所需花槽，然后又与十多家花卉种植大户签订合同，将配制好的花土、花种交给他们，最后按照我们提供的方法种在花槽内，并使用温室育苗技术，让薰衣草和玫瑰都做到花期提前、同时开放。婚典临近时，只要我们确定好放置地方，公司就有专门的人员负责运输安放。"

"这代价也太大了，既花钱又费神，你看把你累的……都瘦了好多。"顾小善心疼地抚摸着何小诚的脸庞。

"没有什么啦，这也算是我们的研究和试验，总是要投入的。"何小诚吐露心扉，"为了你，我做什么都愿意。况且，有些厂家、公司和我们合作，各取所需，为的是以后有大好发展。而且你的那批记者朋友，平时花钱都请不来啊。估计就凭他们发出的报道，就会为白鹿、彭州赚回不少人气。我们还准备成立一家礼品公司，利用这些花草做点旅游纪念品来销售，花籽、花槽也可以继续使用或者出售呢。"

"哼，就你主意多。"顾小善突然在何小诚的脸上亲了一下，"但是很靠谱，我喜欢。"

"为了你,无论付出什么,我都愿意。"何小诚伸手拥住顾小善,"我要用自己的一生来守护你,我希望每天醒来就看到你开心的笑脸。"

　　"此生有你,就是幸福。"顾小善身子一软,感觉自己的心已被融化,一行热泪奔涌而出。

　　夜阑人静,月光如水。满天闪烁的繁星,犹如一只只亮晶晶的眼睛,透过淡淡月色,看着种子发芽、蓓蕾开花,迎接第二天的朝霞。

　　山山而川,生生不息。一年后,何小诚和顾小善的龙凤胎何诚诚、何善善,朱德尼和何小颖的女儿朱颖颖相继出世,在场所有人无不感叹。

　　时光荏苒,岁月如梭,一晃又是几年。

　　得力于各项政策的持续发力,古老的彭州愈发显现出蓬勃的生机和活力。湔江两岸,灾区的人们不仅在废墟上绘制一幅幅现代城市与现代农村和谐相融、历史文化与现代文明交相辉映的城乡画卷,经济发展更是取得伟大成果。即使面对错综复杂的国际形势,他们也和全市人民一道"风雨同舟、和衷共济",并以"大爱护苍生、生命赴使命"的情怀,让龙门山区充盈着暖暖爱意。在白鹿的街道、山村,随时都可看到大家忙碌的身影和开心的笑脸。

　　"怕个啥啊,八级地震都经历了,还虚火(担心)其他的困难。"率真的村民们总把这样的话挂在嘴边,乐观而又诙谐。

　　"那天钻石音乐厅落成典礼,我进去看了一场世界一流音乐团队的演出,那档次,那水平,身边的行家都说高呢,他们还称那个钻石音乐厅是白鹿河旁的'森林音乐厅'。"

　　"年前我也去上书院看了一场世界一流交响乐团的演

奏，我们学校钢琴乐队的几十个娃娃都登台了。"

小镇人民的满满幸福，从他们自豪的语气中展现。

换届之年，表现优异的何小颖也被提拔为副镇长，分管白鹿镇经济发展工作。此刻，她已怀上自己的第三胎孩子。随后，新婚不久的九尺镇岳镇长调任白鹿镇党委书记，成为该镇首任女书记。

此后，人们便经常看到两位大腹便便的美女领导，带着一帮干部出现在白鹿的街头巷尾和山间地头。她们深入社区调研为群众排难，走进企业座谈为其解忧，默默地为本地乡村振兴知责尽责。

"这两位领导真是不爱惜自己的身体啊，肚子都那么大了，还天天在外面跑，为大家操心。"杨大娘和邻居们唠家常，也不免心疼，同时告诫朱妈妈回家提醒何小颖要悠着点。

"她们这样以身作则率先垂范，我们还有什么理由不努力工作。"干部们也同样发出自己的心声。

"这样的一幅工作画面就是白鹿一道最亮丽的风景线，令人难忘。"那些街道的经营户主无不啧啧称赞。

何小颖的孩子出生后不久，岳书记被提拔到外地担任副县长，同时享受到新任妈妈的喜悦。两人经常通过电话、微信，分享属于母亲的幸福。

这天下午，朱德尼和众多政协委员代表一道，参加市政协组织召开的调研会。他们到达濛阳街道办后，党工委叶书记陪同大家参观濛阳新城，并亲自为代表们介绍新城的建设和发展变化，随后又带着大家到西南最大的农副产品交易中心和一年一度的全国蔬菜博览会举办地参观调研。

朱德尼正走在横跨"疏香路"的人行天桥上，接到了何小颖的电话。

"德尼，干吗呢？"老婆大人的亲昵问候，顿时让他心里一热。"在濠阳呢，参加政协委员的调研会。"

"啊，那你认真参会，回家再给你说件事哈。"

"遵命，回家的活动，一切按老婆指示。"

"你就耍贫吧，看我回家咋收拾你。"何小颖感觉自己的老公已经越来越四川化了，娇嗔一句后收起电话，嘴角边泛起一道甜蜜的弧线。

夜幕降临，华灯初放，高大新颖、漂亮时尚的艺术天桥淹没在一片璀璨之中。

"整座天桥近三百米长，兼具花园桥、夜景工程、观景平台、走秀T台功能……天桥现在暂定名'振兴号'。"此刻，乡村投资发展有限公司李董事长兴致勃勃地给委员们介绍着天桥的规划建设情况，讲述起天桥设计中的蔬菜元素和它承载的乡村振兴的希望。

看着色彩缤纷、形态各异的蔬菜造型的艺术天桥，身边络绎不绝的观光游人，再看看不远处翩翩起舞的大娘们，朱德尼回忆起当初二爷爷乔治·马丹途径濠阳到白鹿的情形，顿时心生感慨："在民不聊生的时代，这里的人们被迫去葛仙山修仙问道，以求平安，而现在她们所过的生活，便是神仙都自叹莫如啊。"

委员们乘车回到市区后，朱德尼继续驾着车，沿着牡丹大道和湔江路飞奔。

"就是法国的香榭丽大道也不如这条路壮观美丽啊。"看着灯火通明的大道、两旁旖旎的景观和绿道上悠闲散步的人群，朱德尼的心情更加愉悦，半个多小时便回到白鹿家中。他想，如果彭州的百里画廊改造完毕，到时车速便更快、用时也更短了。

"小颖,回来啦。"这天晚上,加了班的何小颖刚打开门,就被朱德尼一把搂在怀里。

"你……娃娃看到了。"何小颖白了一眼朱德尼,"看你猴急的样子。"

"爸妈早带孩子们睡觉了。"朱德尼马上向何小颖竖起食指,轻声说道,"小声点。"

"镇里明天开座谈会,邀请我和你哥参加。"朱德尼向她问起工作上的事。

"对,我要告诉你的也是这件事。座谈会是我们新来的刘书记和叶镇长要求召开的,准备邀请各行各业的代表参加。会议由我主持,她要广泛倾听民意,收集大家对发展白鹿经济的意见和看法,这个工作方法很好啊。能集思广益、对症下药,有利做好本地发展规划。你明天给我哥带句话,让他有什么想法都大胆说出来。"

"这个是肯定的,明天一早我先去他公司,然后一起去参会。反正你哥有点子,到时他多说说。"

"对了,我们刘书记原来是市侨外办主任,地震那年,我记得还是她带你们到白鹿来的。"

"是那位翻译官小姑娘啊,外语不错,人也漂亮,想不到都当书记了。我一定好好发言,要发挥好中法友好交流协会的作用,多为白鹿发展出力,给媳妇争光。"

"你是小刘翻译。"第二天,朱德尼和何小诚刚走到镇政府会议室门前,就与刘书记不期而遇。朱德尼马上走了过去,"刘书记好。"

"你是德尼·马丹。"刘书记履新白鹿镇党委书记,向他友好地伸出了手,"你好,你好。"

"想不到,你到我们白鹿当书记了。"朱德尼看着眼前年轻的美女,有点不敢相信自己的眼睛。

"组织安排吧。"刘书记轻描淡写地提及自己的事后,谦逊地对朱德尼说,"你可是法国留学生移民到白鹿的代表,一定要给自己的家乡建言献策啊。"

"还有你何总,你的故事我知道得很多,让我们一起努力,将白鹿建设得更好。"她也跟何小诚握手言道,一起走进会议室。

会议主持人何小颖在向与会者介绍几位特别嘉宾:成都湔江集团何董事长和覃总经理、四川龙门山文化旅游有限公司补董事长、乡村投资发展有限公司李董事长。湔江集团负责彭州市基础设施及配套项目的规划、建设,四川龙门山文化旅游有限公司则负责整个湔江流域风景区的规划和开发,包括对白鹿镇旅游发展规划开发的具体实施,乡村投资发展有限公司则是负责全市有关乡村振兴的投资建设工作。

窗外,飞舞的雪花引来大批游客在雪中观景、玩雪,一丝寒冷根本抵御不了他们内心的热情。会议室内,与会嘉宾畅所欲言,气氛异常热烈。

"文化是旅游的灵魂,旅游是文化的载体;文化因旅游而繁荣,旅游因文化而精彩;文化依托旅游激发活力,传承永续;旅游借助文化提高品位,增加魅力。白鹿是我们的白鹿,更是彭州的白鹿、成都的白鹿、四川的白鹿和中国的白鹿。要发展白鹿的旅游产业,我们就一定讲好白鹿故事,以及与白鹿有关的成都故事、四川故事、中国故事,甚至是国际故事,比如白鹿与法国的故事、与伊丽莎白的故事。旅游者到一个地方旅行,绝对不只是看看你的风景与建筑,而最能吸引他的是你的文化,留住他的也只有你的文化。你只有打上深深的文化烙印,有了文化底蕴

才有品位，才有灵魂，才能让人流连忘返。所以，我们公司和白鹿政府都想听听大家的真知灼见，一起想办法做大做强白鹿旅游产业，为白鹿打造更多更好的新景象，吸引更多的人来白鹿观光旅游，为白鹿经济发展助力，给人民带来更多实惠。"补董事长抛砖引玉，首先将自己的观点呈现给大家。

"作为一名摄影师，我要给游客留下最美好的回忆，作为中法友好协会和白鹿镇的一员，我更有义务尽最大努力来宣传白鹿、帮助白鹿。"朱德尼跟着结合自己的特长，说出内心想法，"我和我的摄影朋友参加的各级影展以及我的微博都引起外界的广泛关注，这有个厚积薄发的过程；近年，在白鹿举办的各种音乐节、国际友城音乐会、新年交响音乐会等都为白鹿赚到不少人气，为白鹿打造中法风情小镇和音乐小镇奠定了较好基础。以后，我要和协会、侨外办多沟通，争取引进更多的活动赛事为白鹿助力，并加强外媒的宣传力度，不断吸引国外游客来白鹿旅行，让世界关注白鹿。或许在不久的将来，白鹿就会成为一个像普罗旺斯那么有名的国际风情小镇。"

"白鹿是生我养我的地方，我对这片土地爱得十分深沉。有过'死'的经历，才明白'生'的意义。"何小诚喝了一口白茶，然后娓娓动听地述说着，"我的这条命是白鹿人民和解放军救回来的，我就要为他们活，为他们而努力。刚才补董事长那句'文化是旅游的灵魂'说得非常好，人们为什么要旅行？为何去旅行？我想绝不是单单地看风景，品尝美食，而是那个地方的文化在吸引着他。就像沈从文的小说《边城》火了川湘交界的凤凰古城；武汉的黄鹤楼因崔颢、李白等文人墨客留下的著名诗篇而家喻户晓，拥有'天下江山第一楼'之称；英国作家詹姆斯·希尔顿的《消失的地平线》让香格里拉（云南中甸）成为中国桃花源的代名词；荒漠之城德令哈，四周茫茫戈壁，也因海子的诗《日记》成为不少文艺青年向往的地方……白鹿是一个集古蜀文化、湔江文化、中法风情文化、音乐文化于一体的山区小镇，这里还流传很多优美的民间故事，如果我们将其挖掘出来，一一展现在游客面前，便能吸引他们留下来细细品味，为白鹿旅游业贴上文化的标签，让文化成为白鹿的旅游名片。"

26 / 我在白鹿等你

话匣子一打开，大家的情绪便被调动起来，争先恐后地发言，座谈会的气氛很快热烈起来。

"要在白鹿建设彭州美食、土特产一条街，每个地方的特色美食和特产只引进一家，如名小吃类的'九尺板鸭''军屯锅盔''曹卤鸡''范卤鹅'，餐饮类的'牛仔港''一品蓉和''雅乡苑''田鸭肠''九尺鹅肠''阳平道道香冷水鱼'，名优特产和非遗产品'天彭肥酒''桂花土陶''彭州白瓷''隆丰大蒜'等，避免恶性竞争，让游客在舒适、宽松的环境中品尝到彭州各地美食，买到满意的特产馈赠亲友。"

"说到礼品，我觉得白鹿白茶可以作为重点产品进行培育发展，要挖掘白茶背后的文化，提高它的文化价值，按照'高端、精品、大众'三种品质要求，精细打造出多个品牌，满足各种消费者的需要。"

"紫色浪漫是万千男女心中的梦，针对白鹿中法风情小镇的特征，我们每年可以举办一个'薰衣草'节，让这个中国内陆的'普罗旺斯'实至名归。"

"我们还要重点发展民宿产业，按照市委市府'东有

莫干山，西有龙门山'的目标，现在桂花镇的'龙门七村'已经走在前面，龙门山镇有了太阳湾，发展条件更是得天独厚，'无所事事''青青花园''半盏山房'等在国家级的'精宿、优宿、乐宿'星级评选中脱颖而出，还引来央视的采访和长篇报道，我们白鹿要奋起直追才行。"

"我们不仅要发展好民宿，还要结合白鹿中法风情小镇、音乐小镇的特点，做好接待国家级、国际级商务团体的准备，利用这里得天独厚的条件，将白鹿打造成为集旅游度假与商务洽谈于一体的国际商务度假活动中心……"

"我们将充分利用集团的优势，全力支持四川龙门山文化旅游有限公司做好白鹿镇的旅游规划和开发工作，将这里打造成为各地游客喜爱的龙门雪山下的漂亮小镇。"湔江集团何董事长和乡村投资有限公司李董事长也做了发言。

"今天的座谈非常成功，我代表白鹿镇党委政府感谢大家，感谢你们为家乡、为白鹿的发展提出很多的宝贵建议，真正让我们开阔了眼界，启迪了智慧。"听完发言的刘书记情不自禁地感慨道，"百年跋涉、千年梦圆，刚刚过去的一年中，我们以盛世图景迎来了党的百年华诞，开启了全面建设社会主义现代化国家新征程。面对如此大好机遇，我们将以人民利益为中心，把老百姓的民生福祉放在首位，抓紧时间制定出切实可行的近远期方案。只要我们心之所向、劲之所使，围绕目标踔厉奋发、笃行不怠，就一定会做出不负历史、不负时代、不负人民的成绩，将白鹿镇建设成为一个让游客和居民都最具幸福感、自豪感的魅力小镇，实现乡村振兴。再次谢谢大家！"

何小诚、朱德尼与何董事长、覃总经理、补董事长、李董事长、刘书记、叶镇长等领导在大雪纷飞中握手言别后，信步回到自己工作的地方。他们要在新的机遇面前，各自开始谋划更大的发展。

瑞雪兆丰年。开年的第一场大雪，已将白鹿镇变成一个童话王国。

虎年第一天，市区通往龙门山区道路上的车辆川流不息，白鹿街头更是人头攒动。何小诚和顾小善、朱德尼和何小颖分别带着自己的儿女登完白鹿顶后，因镇里的车流、人流太多，只好改在下午到上书院游玩。而这样的热闹景况，一直持续到春节假期结束。

人间四月最美天，天彭牡丹正鲜艳。在各地竞相涌往丹景山观看国色牡丹之际，天府电视台和彭州市融媒体中心联合举办了一场"对话龙门、把脉湔江"经济论坛现场直播节目。

演播大厅内，四周的屏幕依次滚动展现着龙门雪山、太阳湾、熊猫谷、通济花海、海窝子古镇、白鹿中法风情小镇、丹景山和湔江河谷、关口水库、大地田园风光等美景。

台下座无虚席，二百位来自各行各业的代表与市领导和应邀经济专家、旅游开发界人士等一起组成出卷人和阅卷人。台上，来自湔江流域龙门山、通济、白鹿、丹景山、桂花、葛仙山、敖平等镇和隆丰、濛阳街道办的党政一把手，以及市文旅局、交通局、湔江集团、龙门山旅游公司、乡村投资公司负责人作为答卷人，通过两位主持人进行传达互动，就全市"湔江河谷旅游功能区建设与促进乡村振兴"的问题进行讨论、答辩，最终寻找出最佳答案。

"彭州是龙门雪山的最佳观赏地，与优美的湔江河谷森林风光浑然一体、相得益彰，已经成为各地游客向往的

旅游风景区和度假胜地。每逢周末和大假，我们看到川流不息的车辆和络绎不绝的人群。我深信，随着成汶第二高速的建成通车，彭州龙门山区的旅游业必将迎来更大发展的契机。"何小诚作为应邀出席论坛的行业代表之一，也大胆提出自己的设想，"因此，我提出的问题就是我们应该如何未雨绸缪，搞好各地的旅游基础设施，以便将来对接高速通车之时，能快速分流每天五千辆甚至更多的车辆，能够将游客尽快妥善安置，将湔江河谷功能区打造为全省甚至全国的后花园，打造成人人想来、不想走的康养美地和仙居胜地。"

经过两个小时的激情碰撞和热烈互动，全市上下达成共识，一起为本地经济发展和乡村振兴寻找到了一个相同的答案，那就是知责尽责、砥砺前行，勠力同心、踔厉奋发，将彭州建设成为龙门雪山下的立体山水公园城市，让全市人民获得满满的幸福感。

汶川地震十四周年纪念日，何小诚、顾小善、朱德尼和何小颖照例带着自己的儿女来到上书院。他们坐在上书院两边的台阶上，给儿女们深情讲述白鹿上书院那些充满沧桑而又令人幸福的浪漫回忆。

生性调皮的何诚诚，看见台阶下一对外国夫妻带着一位洋娃娃一样的女孩在花簇中拍照时，主动摆手，和她打起招呼。女孩看到后，也嫣然一笑，对他摆手，模样可爱极了。

"我找下面那个女孩玩去了。"何诚诚给妹妹耳语一声后，悄悄溜下了台阶。

"上午好。"他用英语问候她，"我叫何诚诚，今年五岁了。"

"你好。"女孩惊诧地回答一句，她没有想到眼前的男孩会说出一口流利的法式英语。

"我叫安妮，来自法国巴黎，今年四岁。"她非常友好地介绍着自己，"我们是去年来成都的，爸妈在四川大学当老师，因为信奉天主教，所以来这里看看。"

　　"欢迎你们来白鹿，我是这里的主人。"

　　两个小朋友很快便兴高采烈地聊在一起，她的父母看见后，饶有兴趣地将两人的对话场景用摄像机拍摄下来。

　　"小哥哥，能在这里认识你，我很高兴。我们马上就要走了，以后怎样联系你？"女孩想到自己要离开这里，连忙问起何诚诚的联系方式，"我有QQ号的。"

　　"我刚好也有QQ号呢。"何诚诚将自己的QQ号告诉了安妮，"你记下了吗？"

　　"放心，我记下了。"安妮自信地说道，"我的记忆力超群，但是等会儿我还是会用笔再记下的。以后每年这天，我都要父母带我到这里来。"

　　"我也会将你的号码记住。"当听到女孩父母的召唤时，何诚诚依依不舍地对她说道，"那我以后就在白鹿等你哈。"

　　"好的。"安妮向前抱住何诚诚，在他脸上亲了一下，"诚诚，你以后就是我的好朋友了，我会永远记住你的。"

　　说完，她蹦跳着向父母跑去，一脸天真活泼、快乐无比的样子。待抓住父亲的一只手后，她旋即转过身来，朝何诚诚不停挥动着另外一只小手："再见。"

　　"诚诚呢？"顾小善只要一想起祖奶奶，心思总会很投入。当她从回忆中回过神来时，看见儿子已经不在身边了。

　　"你那宝贝儿子在下面呢。"不管儿子去了哪里，何小诚却一直将他纳入自己的视线范围之内。

　　"那个女孩刚才在亲哥哥呢！"一旁的女儿何善善将

看到的一幕告诉妈妈。

顾小善放眼看去，儿子正捂住自己的脸，一动不动地看着那位女孩离去的背影。

"这小子，看那专注的神情，好像谁带走了他的宝贝。"

"你还别说，我很少发现他有这般认真的模样，好像突然长大了，明白事理了。想当初……"何小诚说到一半便止住了话语。

"当初什么？"顾小善好像发现了何小诚的秘密，将目光聚集在他的脸上。

"也没有什么。"何小诚冲顾小善一笑，喃喃地道，"就是当初第一次看到你时，心跳就开始莫名地加速，居然还大胆地邀请你坐上那辆破三轮车。当时的感觉就是特想和你待上一会儿，哪知你竟然答应了。"

"就没有其他的想法？"

"真没有，当时的想法很纯粹、很纯洁。可能就像现在的诚诚一样，只想和那女孩做朋友。"

"当我看到你时，脸也红了，也不知道是什么原因。只觉得你长得酷酷的、帅帅的，虽敦厚老实但目光清澈，有种特别的气质。"

"当时就想……"何小诚和顾小善竟然异口同声地说道，"希望以后的另一半就是对方这个样子。"

两人相视一笑，一切尽在不言中。

"哎，真想不到，我们后来经历了那么多。"顾小善长出一口气，颇有感触地说着，"这种生死相许、荡气回肠的爱情，可以写本书了，可能还会有不少读者呢。"

"知我者老婆也，你还真是说到我的心坎上了。"何小诚自信地说道，"我打算将我们的爱情故事，连同白鹿的古蜀文化、风土人情、民间传说，以及我们经历的抗震救灾、灾后重建，现在的湔江河谷打造和雪山下的山水公园建设，写一部小说，实现曾经憧憬的作家梦。"

"我一定全力支持。"顾小善也信誓旦旦地说道，"我可以帮你打字、校稿，还可以联系出版社出书，发动媒体朋友全力宣传。如果你的小说有读者了，就会一传十、十传百，对白鹿的旅游发展肯定有帮助。如果哪天被某个编导看上，改编拍成电影或者电视剧，那个影响就更广泛、更久远了。也许，它就会像《阿诗玛》成就了桂林山水，《五朵金花》让大理风光闻名世界，一曲《鼓浪屿之波》使一个小岛声名远播一样，让越来越多的人走进白鹿，看白鹿的山水、小镇之美；了解白鹿，感悟白鹿历史文化底蕴；爱上白鹿，在白鹿度过一个难忘之旅。"

"说干就干。"何小诚一把抓起顾小善，招呼着一对儿女和朱德尼、何小颖一家人，"我们回家吧，我要回去写小说了，书名就是《我在白鹿等你》。"

我在白鹿等你，
这里有数千年传奇，
那是神仙栖居的美地，
更有让人迷醉的风景。
我在白鹿等你，
流淌的湔江水，在讲述一个遥远的故事，
金箔权杖和太阳神鸟的光芒，
闪现龙门山的巍峨与古蜀国的辉煌。
我在白鹿等你，
书院琴声，断桥沉思，白茶氤氲，
浪漫的小镇，童话的王国，
无数跳跃的心，在此碰触汇聚。

我在白鹿等你,
是信仰的力量,书写蝶变的奇迹,
新长征路上的砥砺奋进,
看龙门雪山下立体山水的美丽。

　　　　　　　　　　　　定稿于2022年春

后　记

　　长篇小说《我在白鹿等你》经过十多年的苦苦构思和无数不分昼夜地写作，于今年春完稿了。在体验生活、收集素材和该书的出版过程中，得到了市委宣传部、市文旅局、湔江集团、龙门山旅游公司、乡村投资公司和白鹿、通济、丹景山、龙门山、桂花、葛仙山、敖平等镇和隆丰、濛阳街道办以及省市文联、作协等单位、领导的支持与帮助；值得一提的是，全国著名诗人、第六届鲁迅文学奖获得者、四川大学文学与新闻学院教授（原新闻系主任）周啸天欣然为本书题写书名，著名书画家刘光贤（瀚月）、贺正刚为本书封面设计给予极大支持。

　　在整个创作过程中，执着的信念，亲人的关心，身边朋友的支持和鼓励成为我坚持下去的不懈动力，唯有坚持文学创作的初心，踔厉前行，为家乡发展奉献绵薄之力。

　　人生之乐，贵在互助奋进；生活之乐，贵在感恩同行。

　　谨此一一致谢！

江　明
2022年5月